Droga Czytelniczko,

Mamy nadzieję, że **WIOSENNE ROMANSE**, które, jak widać
z naszych okładek, przygotowaliśmy w tym miesiącu, pozwolą Wam
spojrzeć z większym optymizmem na otaczający świat. Wokół jest
przecież coraz piękniej, przyroda, z godną podziwu stałością i siłą,
znów budzi się do życia. A może i Wy zmieniłybyście coś w swoim
wyglądzie, wybrały się do kosmetyczki lub fryzjera? Albo, jeśli budżet
domowy pozwoli, sprawiły sobie coś nowego? Przybędzie Wam energii
i humor się polepszy, a i mężczyzna Waszego życia, narzeczony,
mąż lub przyjaciel, z pewnością to zauważy. Zresztą, na niego
też warto popatrzeć łaskawszym okiem, bo przecież, jak głosi tytuł
zbioru opowiadań, który wydaliśmy w tym miesiącu w serii *Special*,
„Miłość ci wszystko wybaczy".
O sile prawdziwego uczucia, ale także o tym, że czasem trzeba o nie
zabiegać, a zawsze pielęgnować, przekonują się nasze bohaterki: Hope
z powieści **„Panna Latimore wychodzi za mąż"** lubianej pisarki Emmy
Goldrick, Sancha z **„Nie pozwolę ci odejść"** znanej autorki Charlotte
Lamb (seria *Romance*), Carla z **„Nie powinnam cię kochać"** pióra
popularnej Debbie Macomber (seria *Temptation*) czy Tabby z książki
„Samotnik z wyboru" autorstwa cenionej Diany Palmer (seria *Desire*).
Powieść Meg Alexander **„Maskarada"** (seria *Scarlet*) przeniesie Was
do dziewiętnastowiecznego Londynu, do którego na zaproszenie
krewnych przyjechały z prowincji dwie siostry. Młode panny, które
zaczęły bywać w towarzystwie, na rautach i balach, wyróżniały
się nie tylko urodą, ale i tym, że były jak dwie krople wody. Z tego
bliźniaczego podobieństwa wyniknęło całe nieszczęście. Ponieważ
nie ma ponoć sytuacji bez wyjścia i na nie znajdzie się rada...
Życzymy Wam miłej lektury i pogody ducha, która oby Wam
towarzyszyła nie tylko na wiosnę!

**Romansów jest wiele – miłość tylko jedna...
... książki *Harlequin* to ogrody miłości.**

Czekamy na listy!
Nasz adres:
Arlekin – Wydawnictwo Harlequin Enterprises Sp. z o.o.
02-600 Warszawa 13, s

W kwietniu przygotowaliśmy dla Was
następujące tytuły:

Romance

Nie pozwolę ci odejść Charlotte Lamb

☆

Nie potrzebuję żony Rebecca Winters

☆

Zakochać się bez pamięci Vivian Leiber

☆

Panna Latimore wychodzi za mąż
Emma Goldrick

☆

CHARLOTTE LAMB

Nie pozwolę ci odejść

Harlequin®

Toronto • Nowy Jork • Londyn
Amsterdam • Ateny • Budapeszt • Hamburg
Istambuł • Madryt • Mediolan • Paryż • Praga
Sydney • Sztokholm • Tokio • Warszawa

Tytuł oryginału:
The Marriage War

Pierwsze wydanie:
Harlequin Mills & Boon Limited 1997

Przekład:
Anna Adamiak

Redaktor serii:
Krystyna Barchańska

Korekta:
Janina Szrajer
Ewa Popławska

Skład i łamanie: Studio Q
Printed in Germany by ELSNERDRUCK

ISBN 83-7149-267-7

Indeks 360325

ROZDZIAŁ PIERWSZY

Dzień, w którym Sancha otrzymała anonim, nie wyróżniał się niczym szczególnym. Zaczął się tak samo jak wszystkie inne na przestrzeni ostatnich sześciu lat. Kiedy wyłączył się budzik, otworzyła niechętnie oczy. Usłyszała ziewnięcie Marka, który spał na pojedynczym tapczanie obok, a kiedy się przeciągnął i wstał, zatęskniła przez moment do tych jakże odległych już czasów, gdy budzili się razem w jednym łóżku, nadzy i rozespani. W tamtym okresie małżeństwa lubili kochać się nie tylko nocą, ale i wczesnym rankiem. Na oddzielne spanie zdecydowali się dwa lata temu, ponieważ musiała ciągle wstawać do dzieci, a to, żeby karmić, a to, żeby któreś z nich ukoić, i Mark narzekał, że i on się wtedy budzi. Często jednak żałowała tej decyzji. Skończyła się dawna miłosna bliskość, a kochanie się przestało być ich codzienną spontaniczną potrzebą. Od kiedy zaś na świecie pojawiła się Flora, byli ze sobą coraz rzadziej. Wieczorem zmęczenie zwalało z nóg, a rano nigdy nie było czasu.

Tego ranka niechętnie odpędziła od siebie wspomnienia. Odrzuciła szybko kołdrę, poszukała stopami kapci, po omacku włożyła szlafrok i pobiegła do łazienki, po czym zaczęło się budzenie dzieci. Flory budzić nie musiała, ponieważ nagusieńka, z rozpromienioną, zaróżowioną buzią, okoloną rudymi loczkami, podskakiwała już w swoim łóżeczku.

– Jestem kangurem! – wołała. – Mamusiu, popatrz, Flora jest kangurem, rem, rem, hej!

– Ślicznie, skarbie – mruknęła Sancha, podnosząc z podłogi nocną koszulkę. Wrzuciła ją do kosza z rzeczami do prania i tasząc Florę do łazienki, otworzyła na moment drzwi do pokoju chłopców. – Wstawajcie!

Sześcioletni Felix leżał jeszcze w łóżku z kołdrą naciągniętą na głowę. Młodszy o rok Charlie zdążył już wstać. Z zamkniętymi oczami ściągał z siebie piżamę. Gdy uporała się z toaletą Flory i zmierzała w stronę schodów, Felix marudził jeszcze ze wstawaniem, ale Charlie zaczął się myć. Mark brał prysznic. Z piszczącą Florą pod pachą zebrała listy i prasę z wycieraczki przed drzwiami i zawracając w stronę kuchni, krzyknęła na górę do chłopców, żeby się pospieszyli. Usłyszała plaskanie stóp o podłogę – znak, że wreszcie obaj byli na nogach.

Kładąc listy i gazetę na stole, na miejscu, które zajmował Mark, wsadziła Florę do wysokiego fotelika, podała jej łyżkę do zabawy i włączyła ekspres do kawy. Korespondencji nawet nie przejrzała – rzadko przychodziło coś wyłącznie do niej. Czasem była to jakaś kartka od przyjaciółki albo krewnych z zagranicznych wojaży. Rozpoznawała od razu szare koperty urzędu skarbowego z od lat tym samym pismem, w którym zapytywano, czy nie podjęła pracy zarobkowej. Resztę stanowiły katalogi reklamowe z zachęcającym nadrukiem: „Otwórz, czeka cię wielka wygrana". Czytała pocztówki, lecz pozostała część korespondencji na jej nazwisko lądowała od razu w koszu na śmieci.

Rano wykonywała wszystko automatycznie i czasami,

kręcąc się po kuchni, czuła się jak robot. W krótkim czasie należało wykonać tyle czynności, że dawno już zdążyła wypracować sobie najszybszy sposób opanowania sytuacji przy minimum wysiłku. Zaparzyć kawę – raz. Ugotować płatki na mleku – dwa. Bułki do mikrofalówki – trzy. Potem nakrywała do stołu, stawiała kubki z zimnym mlekiem, nalewała sok pomarańczowy i wrzucała suszone śliwki do talerza Marka.

Słysząc kroki na poskrzypujących schodach, wyłączyła gaz, nalała płatki do talerzy dzieci, wstawiła garnek do zlewu i zalała go zimną wodą, żeby potem łatwiej go było umyć, po czym w porę przytrzymała Florę gramolącą się z fotelika i wsadziła ją z powrotem na miejsce. W tej samej chwili Felix i Charlie wpadli do kuchni. Nim usiedli, kazała im pokazać ręce i buzie, sprawdziła, czy zęby są umyte, włosy uczesane, a ubranie w komplecie. Charlie często zapominał o ważnych częściach garderoby – na przykład o slipkach czy jednej skarpetce. Był bardzo roztargniony.

Kiedy Mark zszedł na dół, jego dzieci zajadały już śniadanie.

– Tata – powitała go Flora, uśmiechając się pełną buzią. Po brodzie ciekła jej owsianka.

Mark skrzywił się z dezaprobatą.

– Nie mówi się z pełnymi ustami.

Usiadł, nerwowo spoglądając na zegarek, i wypił trochę soku pomarańczowego.

– Spóźnię się. Ruszajcie się, chłopcy, musimy zaraz wychodzić.

Jadł suszone śliwki, przeglądając pocztę.

– Do ciebie – powiedział, przesuwając jakąś kopertę przez stół.

Spotkali się wzrokiem, lecz trwało to zaledwie ułamek sekundy, bo opuścił oczy i ściągnął brwi. W jego spojrzeniu mignęło coś, co ją zabolało. Niesmak? Naturalnie, o tej porze, w starym, wytartym szlafroku i bez makijażu wyglądała zapewne nieszczególnie uroczo, lecz dopóki jej mężczyźni – mali i duży – nie wyszli z domu, nie miała czasu zajmować się swoim wyglądem. Trzeba trochę o siebie zadbać, pomyślała.

Była nieszczęśliwa, gdy patrzył na nią tak, jakby już jej nie kochał. Bo ona kochała go wciąż tak samo mocno jak dawniej. Żeby ukryć zmieszanie, podniosła białą kopertę. Adres był napisany na maszynie.

– Ciekawe od kogo? – zastanawiała się głośno, przyglądając się stemplowi na znaczku. Był miejscowy, ale to wcale nie rozwiązywało zagadki.

– Wystarczy otworzyć – burknął Mark.

Co mu się dzisiaj stało? Nie wyspał się? Ma kłopoty w pracy? Postanowiła go o to zapytać przed wyjściem, lecz Flora właśnie przewróciła swój kubek mleka. Sancha westchnęła i wytarła stół.

– Z żadnym z chłopców nie było tyle kłopotów – wymruczał Mark, odwracając wzrok.

– Nie pamiętasz już, jak to z nimi było, a ona wcale nie jest bardziej nieznośna od nich. Jest po prostu żywa. – Wytarła córeczce upaćkaną buzię i pocałowała ją w zadarty nosek. – Nie jesteś nieznośna, prawda, skarbie?

Flora nachyliła się i rozbawiona uderzyła ją w czoło umazaną w płatkach łyżką. Sancha nie potrafiła powstrzymać śmiechu.

– Kończ śniadanie, małpeczko – powiedziała z czułością.

Mark gwałtownie wstał. Był barczystym, wysokim mężczyzną i w tym przytulnym, domowym wnętrzu, z zasłonkami w wesołym żółtym kolorze i meblami z sosny wydawał się jeszcze postawniejszy. Zwracał uwagę nie tylko posturą. Miał też coś takiego w swojej naturze, że na pierwszy rzut oka wzbudzał w ludziach strach. Kiedy się nie uśmiechał, wydawał się groźny – a teraz właśnie nie było w nim za grosz uśmiechu. Wyglądał tak, jakby zaraz miał wybuchnąć gniewem. W ciągu ostatnich miesięcy zdarzało mu się to dosyć często.

Jest zmęczony życiem rodzinnym po sześciu latach znaczonych narodzinami kolejnych dzieci, myślała z bólem serca. Był zmysłowy i zanim pojawiły się dzieci, ich życie seksualne było bardzo intensywne. Tęskniła za tamtymi namiętnymi nocami. A może zżerała go praca? Stanowisko inżyniera budowlanego wymagało energii, choć obecnie nie spędzał już tak dużo czasu na budowach. Przesiadywał częściej w biurze, projektował, organizował. Podejrzewała nawet, że brakuje mu ruchliwej pracy w terenie i żałuje zmiany stylu pracy. Czyżby żałował również tego, że się ożenił, ma dzieci, stracił wolność?

– Aha, byłbym zapomniał… – odezwał się oschle, wychodząc. – Wrócę dzisiaj późno.

Sancha zamarła. Ostatnio prawie codziennie coś go zatrzymywało w pracy do późna.

– Znowu? Z jakiego powodu?

– Szef organizuje kolację. Nie mogę się wykręcić. Mamy rozmawiać o nowej inwestycji w Angels Field. Przystąpiliśmy do niej z opóźnieniem, a czas to pieniądz.

Nie patrzył na nią i poczuła się jeszcze bardziej nieswojo. Zapewne było to jedynie przeczulenie, lecz intuicja podpowiadała jej, że dzieje się coś niedobrego. Tak, ale co?

– Gotowi? – zwrócił się zniecierpliwionym tonem do synów. – Ruszcie się. Nie mogę już dłużej czekać.

Odwoził zawsze chłopców – Felixa do szkoły, a Charliego do przedszkola, a Sancha odbierała ich o wpół do czwartej.

Podnieśli się od stołu, lecz zatrzymała ich, nim zdążyli wymknąć się do holu.

– Umyjcie jeszcze ręce i buzie. Charlie, jak ty wyglądasz! Masz chyba mniej płatków w brzuchu niż na twarzy.

Mark wyszedł już po samochód. Skontrolowała chłopców i ciągnąc za sobą Florę, odprowadziła ich do wyjścia.

– Postaraj się wrócić niezbyt późno! – zawołała do Marka, kiedy wyprowadził samochód z garażu i chłopcy usadowili się z tyłu, zapinając pasy.

Kiwnął tylko głową. Wczesne, majowe słońce błysnęło w jego gładko zaczesanych czarnych włosach. Przymknął ciężko powieki i chociaż nie widziała wyrazu jego oczu, czuła, że ukrywa gniew. Co się działo? Postanowiła sobie, że w ciągu najbliższego weekendu musi znaleźć czas na spokojną z nim rozmowę. Położy dzieci spać, usiądą tylko we dwoje...

Samochód ruszył. Sancha pomachała na do widzenia i jeszcze przez parę chwil stała na ganku, wystawiając z przyjemnością twarz do słońca. Wkrótce miało nadejść prawdziwe lato. Niebo było błękitne, ani jednej chmurki. Nie chciało się jej wracać do środka. Kwitły róże, a także bratki – te z ciemnymi plamkami, które przypominały figlarne twarzyczki wyglądające spośród liści. Od obsypanego białymi kiściami krzewu bzu rozchodził się słodki zapach.

Stojący w dużym ogrodzie jednorodzinny dom był nowoczesny. Miał dach ze szczytami i wykuszowe okna na parterze i piętrze. Posesję od frontu i od tyłu ochraniał niski mur z czerwonej cegły. Z boku był garaż. Willę tę postawiła firma Marka wkrótce po ich ślubie. Mieli jednak ogromny dług hipoteczny i czasami z pieniędzmi bywało krucho, choć teraz, gdy Mark awansował i zarabiał lepiej, było już trochę lżej. Awans wiązał się jednak z dłuższym czasem pracy i, prawdę mówiąc, Sancha wolałaby, żeby nie brał na siebie tylu obowiązków.

Korzystając z zamyślenia matki, Flora wymknęła się do ogrodu. Miała najwyraźniej ochotę zerwać kilka żółtych tulipanów, którymi obsadzone były brzegi trawnika.

– Nic z tego – powiedziała Sancha, odciągając dziecko.
– Pójdziemy na spacerek, kiedy zrobię co trzeba w domu.
– Wzięła córkę na ręce, spojrzała jeszcze raz na ogród skąpany w porannym słońcu i weszła do środka, zamykając stopą drzwi za sobą.

Co dzień wyglądało to mniej więcej tak samo. Najpierw, jak zwykle, zajęła się kuchnią – sprzątnęła ze stołu, wstawiła brudne naczynia do zmywarki i włączyła ją, namoczyła pranie, a następnie zaniosła Florę na górę do łóżeczka, by mieć chwilę na szybki prysznic i przebranie się w dżinsy i starą bluzkę.

Godzinę później, kiedy skończyła odkurzać salonik i hol, przypomniała sobie o liście i poszła po niego do kuchni. Nalała sobie kawy, a bawiącej się w kojcu Florze obrała jabłuszko i dopiero wtedy otworzyła kopertę. Wystukany na maszynie niedługi list był nie podpisany. Przeczytała go jednym tchem, zdrętwiała ze strachu, ogłuszona nagłym uderzeniem krwi do mózgu. Ktoś pisał:

„Czy wiesz, gdzie i z kim twój mąż spędzi dzisiejszy wieczór? Z Jacqui Farrar. To jego asystentka, mieszka w osiedlu Crown Tower, Alamo Street 8, I piętro. Od tygodni mają romans".

Podnosząc rękę, by zatkać dłonią wydobywający się z ust jęk, Sancha potrąciła niechcący filiżankę z kawą. Gorący płyn opryskał jej bluzkę i oparzył nogi przez spodnie. Poderwała się z miejsca i zaklęła głośno.

– Niegrzeczna mamusia! – zawołała z wyraźnym przejęciem Flora, po czym dodała: – Brzydkie słowo. Mamusia jest brzydka.

Sancha zaklęła jeszcze raz z wściekłością, szukając ścierki, która ciągle się przydawała, tyle że tym razem za bałagan odpowiadała nie Flora, a ona sama.

To nie może być prawda, myślała. Mark nie mógłby czegoś takiego zrobić. Wiedziałaby, gdyby miał z kimś romans. Zauważyłaby to. Ejże! Czy aby na pewno? Na pewno, upierała się, nie chcąc dopuścić do siebie myśli, że mogłoby być inaczej. Był jej mężem, znała go. Kochał ją. Niemożliwe, by związał się z kimś innym.Tylko czy na pewno jeszcze ją kocha? Zapamiętała wyraz niesmaku czy niechęci w jego oczach, jaki uchwyciła przy śniadaniu. Tak. Mark nie patrzył już na nią tak, jak dawniej – trudno było temu zaprzeczyć. Nie zauważyła nawet, kiedy to się stało. Z ich związku nie wiadomo kiedy wyparowała namiętność, odeszła miłość, ale nie oznaczało to wcale, że pojawił się ktoś trzeci. Nie potrafiła uwierzyć, że mógłby być jej niewierny. Nie Mark. Nie ktoś taki jak on.

Nigdy nie widziała jego asystentki, chociaż znała jej

nazwisko. Jacqui Farrar zaczęła pracować z Markiem zaledwie pół roku temu. Przeniosła się z innej firmy budowlanej. Wspominał o niej kilkakrotnie, ale nie ostatnio. Nie miała pojęcia, jak wygląda, a nawet ile ma lat. Nigdy nie przyszłoby jej do głowy, że tę jakąś Jacqui i Marka mogłoby kiedykolwiek coś łączyć. I nie łączy! Nie ma sensu nawet o tym myśleć. Ktokolwiek pisał ten list, był niespełna rozumu.

Przeciągnęła gwałtownie ręką po spłakanej twarzy, podeszła do kojca i wzięła na ręce Florę. W tej chwili były nierozłączne, mała potrzebowała jej bezustannie. Nie można jej było zostawić samej ani na sekundę, bo zaraz coś spsociła.

Sancha czuła się często bardzo zmęczona rolą troskliwej, opiekuńczej matki. Tęskniła za kilkoma godzinami samotności, za choćby jednym dniem niemyślenia przez cały czas o innych, chciałaby się trochę polenić, pospać sobie dłużej. Marzyła o tym, by wstać dopiero wtedy, gdy przyjdzie jej na to ochota, ubrać się w coś szykowniejszego niż dżinsy, włożyć pantofle na wysokim obcasie, uczesać się u fryzjera, kupić sobie najlepszy tusz i dobrą szminkę, mieć pod ręką francuskie perfumy. I w ogóle – zrobić coś, żeby czuć się bardziej kobietą niż matką.

Ale przecież oboje od początku chcieli mieć dzieci. Rozmawiali o tym i byli ze sobą absolutnie zgodni. Mark był jedynakiem, dzieckiem niemłodej już pary. Kiedy się urodził, jego matka miała ponad czterdzieści lat, a ojciec był jeszcze starszy. Miał samotne dzieciństwo, marzył o rodzeństwie. Rodziców Marka Sancha nie zdążyła poznać; kiedy wychodziła za niego za mąż, oboje już nie żyli. Bardzo szybko też zrozumiała jego głęboką potrzebę założenia pełnej rodziny i pragnęła dać mu dziecko. Widziała już siebie w roli matki – osoby tworzącej tę cudowną bliskość i ciepło domowego ogniska – nie zdając sobie sprawy, ile pracy i poświęcenia będzie to od niej wymagało.

Wzdychając, wstawiła Florę z powrotem do kojca i obłożywszy ją zabawkami, pobiegła pod prysznic. W czystej parze dżinsów i nowej koszuli stanęła przed toaletką i przyjrzała się sobie. Jak ja wyglądam? – pomyślała niewesoło. Na litość boską, jak? Jak jakaś czarownica. Robi się ze mnie po prostu wiedźma. Nic dziwnego, że Mark tak na mnie spojrzał. Nie ma go o co winić. Kiedy to ostatnio zastanowiłam się nad swoim wyglądem? Kiedy miałam energię, by zbliżyć się do Marka w łóżku, tę energię, która rozpierała mnie niegdyś, przed laty, zaraz po ślubie? Potrafiła wtedy wśliznąć się do łóżka nago i kusić go muśnięciami palców i miękkimi, leciutkimi pocałunkami, igrać z nim najdłużej, jak się dało, nim pozwoliła się zdobyć. Byli namiętnymi kochankami, a teraz?

Przygryzła wargę, usiłując sobie przypomnieć, kiedy ostatnio byli ze sobą, ale nie potrafiła tego ustalić. Chyba wiele tygodni temu. Gdzie tam tygodni, podpowiedziała złośliwie pamięć. Miesięcy. Od ostatniego zbliżenia minęło wiele miesięcy. Po narodzinach Flory kochali się coraz rzadziej i rzadziej i od początku to ona nigdy nie miała na to ochoty. Mark był delikatny, współczujący, rozumiejący – nie gniewał się ani nie skarżył. Urodziła w ciągu sześciu lat trójkę dzieci – nic dziwnego, że była taka zmęczona i bezsilna. Nie planowała więcej niż dwoje. W trzecią ciążę zaszła przez przypadek i ta ciąża okazała się najgorsza ze wszystkich. Męczyły ją poranne mdłości, bóle pleców, żylaki, cierpiała na bezsenność. Po porodzie czuła się fatalnie.

Rodziła Florę dwa dni, bardzo się nacierpiała, była wyczerpana. Potem przez pewien czas ciągle płakała. Zmiany hormonalne w okresie ciąży i zaraz po porodzie spowodowały rozstrój emocjonalny. Pełny blues, mawiała jej siostra Zoe. Lekarz nazywał to depresją poporodową, lecz jakkolwiek by to określić, Sancha wiedziała tylko jedno – najmniejszy drobiazg mógł wyprowadzić ją z równowagi, łzy cisnęły się do oczu i nic na to nie pomagało.

Trwało to nie tak długo – miesiąc czy dwa, najwyżej trzy – ale Flora od samego początku była uciążliwa. Nie dające chwili wytchnienia, płaczące po nocach dziecko, które za dnia domagało się bezustannej uwagi.

Sancha nie odzyskała tym razem dawnej werwy, radości życia i zmysłowości. Całą energię, którą jeszcze miała, pochłaniała Flora, dwóch synów i codzienne obowiązki: kuchnia, dom, ogród. Dopiero teraz uświadomiła sobie, jak mało czasu w okresie tych ostatnich dwóch lat spędziła sam na sam z Markiem. Stało się to tak niezauważalnie, że aż do chwili obecnej nie rozumiała, iż ich drogi się rozchodzą – z godziny na godzinę, milimetr po milimetrze.

Niemal podskoczyła na dźwięk dzwonka do drzwi. Kto, u licha?

Zabrała Florę i trzymając ją na biodrze, zeszła na dół. Widok siostry stojącej w progu zdziwił ją i nieco zmieszał.

– O, to ty. Cześć – wybąkała. – Myślałam, że w tym tygodniu kręcicie w Lake District.

– Skończyliśmy wczoraj, więc wróciłam samochodem w nocy. Mówiłam ci chyba, że będziemy kręcić niedaleko was, ale nim się to zacznie, mam parę wolnych dni. – Zoe urwała nagle i przyjrzała się jej uważniej. – Co to? Masz czerwone oczy. Płakałaś?

– Nie – skłamała Sancha. Wolałaby, żeby jej siostra
była mniej bystra. Ale Zoe taka już była: przenikliwa,
obcesowa i prędka.

– Mamusia przeklina – poinformowała swoją ciotkę
Flora. – Brzydka mamusia.

– Brzydka – zgodziła się Zoe, obserwując bacznie Sanchę. – A kogo to sklęłaś? Tego małego pączusia? Nie masz
dziś do niej cierpliwości, czy stało się coś złego?

– Właśnie wylałam na siebie kawę, to wszystko – powiedziała Sancha, nie patrząc siostrze w oczy.

– Rozumiem. – Zoe uśmiechnęła się do Flory. – Czy to
ty oblałaś mamusię kawą? Założę się, że tak było. Chcesz
na rączki do cioci?

Flora chętnie skorzystała z propozycji i od razu chwyciła za pobrzękujące, błyszczące kolczyki.

– Ręce precz, potworku – powiedziała Zoe, odciągając
różowe paluszki. – Na lampę byś weszła, co? Jak ja się
cieszę, że nie mam własnych dzieciaków!

– Czas, żebyś miała – mruknęła Sancha, lecz Zoe przyjrzała się jej z sarkazmem.

– Tak myślisz? Na twój widok każdemu może się ode-
chcieć macierzyństwa. Za każdym razem, kiedy się widzi-
my, wyglądasz mizerniej. Napijemy się kawy, czy jesteś
zbyt zajęta?

– Ja, zajęta? Od rana leżę do góry brzuchem – burknęła,
wchodząc do kuchni. – Chodź.

Zoe była w ubraniu, które zapewne uważała za takie,
w jakim chodzi się na luzie. Miała na sobie eleganckie
obcisłe spodnie z czarnej skóry i szmaragdową, jedwabną
bluzeczkę. Sancha poczuła zazdrość. Były to najprawdopodobniej firmowe ciuchy. Świadczył o tym ich znakomity

krój i coś, co sprawiało, że wyglądało się w nich bardzo szykownie. Bez wątpienia kosztowały fortunę.

Nie mogła sobie pozwolić na tak kosztowne ubrania, a gdyby nawet, to i tak nie miałaby gdzie ich nosić. Flora zniszczyłaby je błyskawicznie – poplamiła jedzeniem, kredkami, wymiotami. W brudzeniu ubrań swojej mamy była mistrzynią, a wszystko to robiła tak naturalnie i czarująco, że nie można jej było posądzić o złośliwość.

Zresztą i tak nie wyglądałyby na niej tak szałowo, jak na Zoe, która prezentowała się fantastycznie niezależnie od tego, co na siebie włożyła. Była wysoka i bardzo ładna. Miała płomiennie rude włosy i kocie zielone oczy, a poza tym pewność siebie, talent, szyk i pieniądze. Pracowała dla telewizji jako producent filmowy, a obecnie zajmowała się czteroodcinkowym serialem, adaptacją poczytnej powieści, ze znakomitą obsadą aktorską.

Siostry były sobie zawsze bardzo bliskie. Małżeństwo Sanchy nie rozluźniło tej więzi i widywały się dosyć często. Mimo że żyły zupełnie inaczej, pozostały najbliższymi przyjaciółkami.

Osobiste życie Zoe było tak samo barwne, jak jej kariera zawodowa. Sancha gubiła się już w imionach i nazwiskach mężczyzn – często bardzo sławnych – z którymi spotykała się jej siostra. Jednak żaden z nich nie był widocznie dla niej na tyle ważny, by zechciała go przedstawić rodzinie, co oznaczało, że nie myślała ani o ślubie, ani nawet o zamieszkaniu z kimś na dłużej. Najwyraźniej w życiu Zoe liczyła się wyłącznie kariera.

Przed poznaniem Marka Sancha również miała zawodowe ambicje. Lokowała je jednak nie w filmie, a w fotografii. Pracowała w ekskluzywnym salonie fotograficznym na Bond Street, specjalizowała się w modzie i mierzyła wysoko. Myślała, że kiedyś otworzy własny salon, zdobędzie światową sławę. Miała swoje marzenia.

Pojawienie się Marka zmieniło w jej życiu wszystko. Praca i zawodowa kariera w jednej chwili przestały cokolwiek znaczyć. Liczył się tylko on. Chciała jedynie być z nim, kochać i być kochaną. Wypełnił sobą cały jej wewnętrzny świat.

Zoe nigdy nie miała problemu z pięciem się w górę. Była wybitnie uzdolniona i miała silną osobowość. Sancha wzrastała w jej cieniu, ze świadomością, że nie jest ani taka ładna, ani tak błyskotliwie inteligentna. Nie czuła się jednak przytłumiona, nie straciła też wiary w siebie – przeciwnie, starsza siostra wyzwalała w niej wolę zdrowego współzawodnictwa. Współzawodnictwo to skończyło się, gdy wyszła za mąż i urodziły się dzieci. Nie myślała już o osobistych sukcesach ani o pokonaniu Zoe; była po prostu szczęśliwa. Ostatnimi czasy brała do ręki aparat jedynie po to, by zrobić zdjęcia dzieciom.

Przerwała swoje rozmyślania i zajęła się parzeniem kawy, odwrócona do siostry plecami.

Zoe tymczasem posadziła Florę na wysokim krzesełku, wyjęła z lodówki sok pomarańczowy, nalała odrobinę i wręczyła kubek dziewczynce, a następnie usiadła przy sosnowym stole, zachowując bezpieczną odległość od swej małej siostrzenicy, która w każdej chwili mogła ją opryskać.

– Jak idą zdjęcia? Bez problemów? – spytała Sancha.

– Wszystko gra. Tyle że kierownik planu uparł się, żeby pracować z Halem Thaxfordem.

Sancha uśmiechnęła się. Nieraz już słyszała niepochlebne opinie Zoe na temat Hala.

– Wiem, że go nie lubisz, ale to przecież całkiem niezły aktor.

– Daj spokój. Ten człowiek w ogóle nie gra. Stoi ze splecionymi rękami, robi gwiazdorskie miny i duka.

– Ale za to jest seksowny – przekomarzała się Sancha, nalewając kawę, by podać ją bez mleka i cukru, tak jak lubiła Zoe.

Kiedy się odwróciła, omal nie upuściła obu filiżanek, widząc swoją siostrę pochyloną nad leżącym na stole listem. Zoe podniosła wzrok.

– No tak. To dlatego wyglądasz jak żywy trup.

Sancha zbladła, po czym, purpurowiejąc, krzyknęła:

– Jak śmiesz czytać moje listy?!

Postawiła kawę tak gwałtownie, że aż ją porozlewała, i wyszarpnęła Zoe kartkę.

– Był otwarty. Nie moja wina. Rzuciłam przypadkiem okiem, a jak już przeczytałam początek, musiałam znać całość. – Spojrzała siostrze w oczy. – To wszystko prawda?

Sancha usiadła, wpychając pognieciony list do kieszeni dżinsów.

– Oczywiście, że nie.

Zapadła cisza, a po chwili Zoe, wyraźnie nie przekonana, zapytała:

– Domyślasz się, która to napisała?

– Nie. – Sancha pokręciła głową. – A dlaczego uważasz, że to pisała kobieta?

Jaskrawoczerwone usta Zoe wykrzywił grymas.

– Bo tak robią baby. Mężczyźni postępują inaczej. Albo

rąbią prosto z mostu o co chodzi, albo łapią za telefon i dyszą do słuchawki, szepczą groźby, no wiesz, takie tam głupoty. Kobiety natomiast wysyłają jadowite anonimy. Ten z całą pewnością napisała jakaś baba z pracy Marka. Być może sama się w nim podkochuje, ale ponieważ Mark nie zwraca na nią uwagi, zazdrości nawet jego asystentce.

Flora wypiła do dna sok i zaczęła walić kubkiem o blat krzesełka. Zoe zamrugała i odebrała jej kubek.

– Jak ty to wytrzymujesz od rana do wieczora? Ja bym zwariowała.

Sancha wyjęła córeczkę z fotelika i wstawiła ją do kojca. Mała natychmiast sięgnęła po słonika i z całej siły przycisnęła go do siebie.

– Mój słoniczek – zapiszczała. – Mój, mój.

Sancha pogładziła rude loczki dziecka.

– Wiesz, ona jest taka sama jak ty – powiedziała do siostry, która wyglądała na zaskoczoną.

– Naprawdę? Nigdy nie byłam taka nadaktywna i męcząca dla innych.

– Och, byłaś, byłaś. Mama mówi, że doprowadzałaś ją do szaleństwa. Nic się nie zmieniłaś.

Zoe przyglądała się przez moment siostrzenicy, która odwzajemniła spojrzenie, po czym wysunęła swój mały różowy języczek i przycisnęła mocniej słonika.

– Mój słoniczek, mój – powiedziała, wiedząc, że ta ciocia bardzo łatwo mogłaby jej odebrać zabawkę.

– Potwór – wymknęło się Zoe, po czym nieco zażenowana spytała: – Naprawdę jest taka jak ja, czy tylko żartowałaś?

– To nie żart. Naprawdę. – Sancha przysiadła znowu przy stole.

Zoe wstrząsnęła się, po czym przeniosła zamyślone spojrzenia z małej na siostrę.

– No, to co zamierzasz zrobić z tym listem?

Sancha wzruszyła ramionami i upiła łyk kawy.

– Wyrzucę, spalę…

– Jesteś całkowicie pewna, że to kłamstwo?

Znając swoją siostrę na wylot, Zoe miała powód, by podejrzewać, że Sancha nie była z nią do końca szczera. Zdradzała ją twarz, oczy, cały sposób bycia.

– Sama już nie wiem. Nigdy by mi to nie przyszło do głowy, ale może… Nie bardzo się między nami układa… Od miesięcy, a właściwie od narodzin Flory. Najpierw byłam wyczerpana i zestresowana i nie mogłam… nie chciałam… Nie wiem dlaczego… być może była to jakaś reakcja związana z urodzeniem trójki dzieci w niedługim czasie. Mark był dla mnie bardzo dobry, ale tak to się przeciągnęło… Prawie ze sobą nie rozmawiamy i… Nie pamiętam już, kiedy…

– …kiedy się kochaliście – dopowiedziała Zoe i Sancha kiwnęła głową. Łzy stanęły jej w oczach.

Zoe poderwała się z miejsca i podeszła do niej.

– Nie płacz, kochana. – Objęła ją mocno. – Nie chciałam cię zdenerwować.

Chwilę później Sancha opanowała się i otarła ręką mokre oczy. Zoe podała jej chusteczkę.

– Dziękuję. Rozkleiłam się, przepraszam.

– Na litość boską! Nie przepraszaj! – wybuchnęła Zoe. – Na twoim miejscu wrzeszczałabym na całe gardło. Rozwaliłabym tu wszystko, a Markowi łeb. Jeśli byłaś zbyt zmęczona, żeby się z nim kochać, to przecież z powodu jego dzieci, no nie? To chyba jasne. Jest za to odpowiedzialny tak samo jak ty. Musisz z nim porozmawiać, pokazać ten list. Wystarczy, że popatrzysz mu w twarz i od razu będziesz wiedziała czy to kłamstwo, czy prawda.

Sancha popatrzyła na nią pustym wzrokiem.

– No i co dalej? Jeśli Mark powie, że to prawda, że ma romans? Jak powinnam zareagować? Mam powiedzieć: „Aha, rozumiem. Chciałam jedynie wiedzieć". A może postawić ultimatum: „wybieraj: ona albo ja?". A jeśli wybierze ją? Jeśli odejdzie i zostawi mnie i dzieci?

– Gdyby nosił się z takim zamiarem, to chyba lepiej, żebyś się o tym dowiedziała jak najszybciej. Nie możesz chować głowy w piasek, udawać, że nic się nie dzieje i wierzyć, że wszystko jakoś się ułoży. Gdzie się podziała twoja duma?

Sancha najchętniej rozszlochałaby się bezradnie, lecz przemogła się, usiłując zapanować nad głosem.

– Są rzeczy ważniejsze niż duma.

– Ważniejsze niż twoje małżeństwo? Sancha, do licha, musisz temu stawić czoło. Znasz tę jakąś Jacqui czy jak jej tam? Jaka ona jest?

– Nie mam pojęcia. Nigdy jej nie widziałam. – Łamał się jej głos, cała się trzęsła. – Nie zadawaj mi teraz żadnych pytań. Muszę pomyśleć, ale jak tu myśleć, kiedy ciągle jest coś do zrobienia. Samo zajmowanie się Florą pochłania wszystkie moje siły.

Zoe obserwowała przez dłuższą chwilę małą skaczącą w kojcu.

– Wierzę. Wystarczy tylko na nią popatrzeć. Wiesz co… – Zmierzyła siostrę spojrzeniem. – Nie mam dziś nic specjalnego do roboty. Mogłabym zostać i popilnować Flory. Wyjdź z domu i przemyśl swoje sprawy. No, co ty na to?

Sancha zaśmiała się nerwowo.

– Będziesz miała dosyć po dwóch kwadransach.

– Przecież już jej kiedyś pilnowałam.

– Owszem, wieczorem, kiedy spała... a i to nieczęsto. Nie masz pojęcia, jaka potrafi być, kiedy nie śpi. Trzeba mieć oczy z przodu i z tyłu głowy.

Zoe wzruszyła ramionami.

– Poradzę sobie, nie jestem głupia. Wyjdź, zapomnij o Florze na parę godzin. Niczym się w ogóle nie przejmuj, zrób coś dla siebie. Idź do fryzjera, w nowej fryzurze od razu poczujesz się lepiej. Odbiorę też chłopców ze szkoły. Wróć tylko przed szóstą, bo jestem z kimś umówiona na wpół do ósmej.

Sancha wahała się przez sekundę, po czym uśmiechnęła się do siostry.

– No dobrze, dziękuję. Jeśli jesteś pewna, że...

– Jestem pewna!

– Anioł z ciebie. Pójdę do fryzjera. Masz rację, powinnam. A gdybyś miała jakieś większe problemy, zajdź do Marthy. Pamiętasz ją? Mieszka po drugiej stronie ulicy, taka niziutka, z bardzo krótkimi czarnymi włosami. Pomoże, jeśli coś by się nie układało.

– Dobrze, dobrze – uśmiechnęła się Zoe. – Nie gorączkuj się. Leć już, póki ten potworek nie widzi.

Flora siedziała odwrócona do nich plecami, próbując wepchnąć misiaczka do plastikowej foremki. Była tym tak pochłonięta, że chwilowo nie obchodziło ją nic innego. Sancha rzuciła siostrze wdzięczne spojrzenie, chwyciła torebkę i wyszła z pokoju na palcach.

Dziesięć minut później jechała już swoim samochodem do centrum. Pojechała wprost do najlepszego zakładu, jaki znała w Hampton, a ponieważ ktoś odwołał zamówione wcześniej strzyżenie, od razu znalazła się na fotelu. Fryzjer, który miał się nią zająć, przeczesał grzebieniem gęste loki i aż jęknął.

– To dopiero busz. Ma pani jakiś pomysł, co z tym zrobić? Strzyżemy czy czeszemy?

– Zostawiam panu decyzję – odpowiedziała beztrosko. – Chcę wyglądać inaczej.

Inaczej, to znaczy pięknie, oszałamiająco, tak żeby pomogło to odzyskać Marka. Gdyby tak móc zatrzymać czas, wrócić do urody i figury sprzed sześciu lat!

Kiedy stylista zaczął obcinać i modelować włosy, odchyliła głowę i zamknęła oczy. Myślała intensywnie, zmieniając raz po raz decyzję, pełna lęku, że jakiś błąd w rozumowaniu przesądzi o losach jej małżeństwa.

List mógł być przecież wierutnym, podłym kłamstwem. Być może dręczyła się najzupełniej niepotrzebnie. Ale jeśli zawierał prawdę? Zacisnęła zęby, żeby się nie rozpłakać. Co należało zrobić? Doprowadzić, jak radziła Zoe, do konfrontacji z Markiem i po prostu o wszystko go zapytać?

Nie, to ponad moje siły, myślała. Czuła się tak, jakby stała pośrodku zaminowanego pola. Jeden fałszywy krok i wszystko w jednej sekundzie się rozpadnie. Najlepiej w ogóle się nie poruszać. Nic nie robić. Przynajmniej nie od razu.

Należało najpierw się dowiedzieć, czy donos zawierał prawdę. Ale jak to zrobić bez indagowania Marka? Dzisiejszego wieczora miał być na kolacji ze swoim szefem, Frankiem Monroe. Tak przynajmniej jej oświadczył. Nie powiedział gdzie, ale spotkanie mogło się odbyć albo w podmiejskiej willi Franka, albo też w którejś z najlepszych restauracji. Mogła więc wieczorem zatelefonować do domu szefa i pod byle pretekstem poprosić o przywołanie Marka. Gdyby się to nie udało, wiedziałaby, że ją okłamał.

Godzinę później wyszła z salonu fryzjerskiego odmieniona tak bardzo, że z trudnością rozpoznała się w lustrze. W krótkiej lekkiej fryzurze okalającej twarz i świeżym makijażu, wyglądała o wiele młodziej.

– Wspaniale! – zachwycały się fryzjerki, gdy płaciła rachunek.

Uśmiechnęła się, wiedząc, że nie jest to tylko czczy komplement.

– Dziękuję – powiedziała, zostawiając hojny napiwek.

Idąc główną ulicą Hampton, miasteczka odległego o godzinę jazdy z Londynu, usłyszała bicie zegara na kościelnej wieży i dopiero wtedy uświadomiła sobie, że jest już pierwsza i że jeszcze nic nie jadła. Żyje się raz, pomyślała z ożywieniem, postanawiając wybrać się do „L'Esprit", najlepszej restauracji w mieście. Weszła na jezdnię, zamierzając przejść na drugą stronę ulicy, gdy nagle spostrzegła Marka i stanęła jak wryta. Był z dziewczyną. Obejmując ją lekko w talii, otwierał przed nią drzwi do restauracji. Tuż obok Sanchy zapiszczały opony. Kierowca wychylił się z okna samochodu.

– Życie ci niemiłe, czy co? – krzyknął rozwścieczony. – Zejdź z jezdni, kretynko jedna!

Wybąkała jakieś przeprosiny i kompletnie roztrzęsiona, podbiegła do krawężnika. Stanęła na chodniku, uzmysławiając sobie, że Mark wszedł właśnie do „L'Esprit". Kim była ta blondynka? Interesantką? Klientką jego firmy?

Nagle przed oczami stanęła jej scena, którą widziała

przed chwilą. Mark czułym dotykiem rozpostartej dłoni
lekko popychał dziewczynę przed sobą, przepuszczając ją
w drzwiach, a ona nagle spojrzała mu w oczy i powiedziała coś, uśmiechając się do niego. Było w tej scenie coś tak
zmysłowego, że Sancha zrozumiała od razu. To ona, pomyślała. Anonim zawierał prawdę. Mark kłamał, mówiąc
o zaplanowanym wieczorze u szefa. Wieczór ten miał spę-
dzić z nią – z Jacqui Farrar. Pójdą do niej i… Odczuła
niemal fizyczny ból, wyobrażając sobie, co się tam będzie
działo. Miała ochotę stanąć na środku ulicy i krzyczeć,
wejść do restauracji i zabić Marka. Gdyby miała przy sobie
broń, zastrzeliłaby go albo tę dziewczynę, a najlepiej oboje. Pragnęła zrobić mu coś złego, tak jak on skrzywdził
ją. Najchętniej pojechałaby do domu, wyciągnęła z szafy
wszystkie te jego eleganckie, drogie garnitury, rozpaliła
ognisko w ogrodzie i spaliła razem z przepięknymi firmo-
wymi koszulami i jedwabnymi krawatami. Dla niej były
zawsze tylko stare dżinsy i byle jakie bluzki, ale on musiał
być elegancki.

Mówił, że to konieczne na jego stanowisku. Krzywił się
na widok jej wytartych ciuchów i niechlujnych włosów, ale
nigdy nie zadbał o to, by kupiła sobie coś ładnego. Oczywiście, dostawała od niego kieszonkowe, ale pieniądze te
szły głównie na ubrania dla dzieci. Wyrastały ze wszystkiego tak szybko, ciągle trzeba było coś dokupić i w rezultacie
z tych dodatkowych pieniędzy dla niej samej nie zostawało
prawie nic. Prawdopodobnie nawet się nad tym nie zastanawiał. Codzienne sprawy związane z dziećmi zostawiał
wyłącznie jej i nigdy nie pytał, na co szły pieniądze, którymi dysponowała. Jeżeli gdzieś razem wychodzili, wkła-
dała zawsze coś, co wyglądało jeszcze elegancko, choć

wisiało w szafie od lat. Przytyła co prawda niedużo, ale i tak jej wszystkie ładniejsze ubrania były już odrobinę niemodne. Mark jakby tego nie zauważał. Tyle że od dłuższego już czasu patrzył na nią jak na zużyty, stary mebel, który mu się znudził. Próbowała sobie przypomnieć, kiedy to się zaczęło. Wkrótce po narodzinach Flory? Nie, nie aż tak dawno. Mniej więcej wtedy, gdy Jacqui Farrar zaczęła pracować w firmie Monroe? Poczuła, że kurczy się jej żołądek. Tak, to się zaczęło jakieś pół roku temu.

Blondynka miała nie więcej niż dwadzieścia kilka lat. Nie zdeformowały jej sylwetki ciąże, a zarabiała wystarczająco dużo, żeby móc sobie pozwolić na eleganckie ciuchy podkreślające zgrabną, młodzieńczą figurę. Mark wspomniał kiedyś, że jest inteligentna i bystra, ale bez wątpienia nie walory jej umysłu tak go oczarowały. Sanchy wystarczył jeden rzut oka, by mieć w tym względzie absolutną pewność.

Chciałaby go zabić. Nienawidziła go. Nienawidziła tak mocno, że aż łzy zapiekły ją pod powiekami. A jednocześnie kochała go tak bardzo, że gdyby miała go stracić, wolałaby umrzeć. Nigdy nikt inny się dla niej nie liczył. Miała kilku chłopców, z którymi się spotykała, ale Mark był pierwszym mężczyzną, w którym się zakochała. Od siedmiu lat był nerwem jej życia. Nie zniosłaby jego utraty.

Nie oddam go, pomyślała zapalczywie. Nie odbierze mi go ta mała harpia. Mark jest mój.

ROZDZIAŁ DRUGI

Odwróciła się na pięcie i ruszyła ulicą przed siebie, nie bardzo wiedząc, dokąd zmierza i po co. W dalszym ciągu nie miała pojęcia, co zrobi i wiedziała tylko jedno: że musi przemyśleć swoją sytuację i że nie zniesie rozmowy z Zoe, zanim nie zapanuje nad nerwami. Zoe odgadłaby od razu, że coś się znowu stało – znały się aż za dobrze i na ogół nie miały przed sobą tajemnic. Ale jedną sprawę Sancha pragnęła ukryć nawet przed rodzoną siostrą. Zoe wspomniała o honorze, o dumie. Trafiła w samo sedno. Właśnie duma nie pozwalała przyznać się, jak bardzo boli świadomość zdrady.

Zacisnęła powieki i przystanęła, usiłując odpędzić kłębiące się pod powiekami obrazy. Mark, tamta blondynka… Całują się, są ze sobą… Nie! Otworzyła szeroko oczy. Nie wolno o tym ciągle myśleć. To prowadzi do obłędu. Uświadomiła sobie, że stoi przed witryną sklepu odzieżowego, i usiłowała wzbudzić w sobie zainteresowanie strojami upiętymi na promiennie uśmiechniętych, sztywno upozowanych manekinach. Jej uwagę zwróciła zielonkawa sukienka z bolerkiem. Ten odcień zieleni zawsze wprost uwielbiała. Przysunęła nos do szyby, żeby dojrzeć cenę, i aż syknęła. Wielkie nieba! W życiu nie kupiła sobie czegoś za takie pieniądze.

Odwróciła się i miała już przejść dalej, gdy raptem się

zatrzymała. Tak dawno nie kupowała nic autentycznie ładnego – czemu więc choć raz nie pozwolić sobie na ekstrawagancję? Miała ochotę zrobić dziś coś nierozważnego. A poza tym Mark, bez uszczerbku dla nikogo, mógłby zostawiać do jej dyspozycji większą sumę pieniędzy. Od bardzo dawna jej nie zwiększał, chociaż sam – uzmysłowiła to sobie dopiero teraz – przez cały czas zaopatrywał się w nowe koszule, ubrania, krawaty.

Jak szaleć to szaleć, pomyślała z ironią i weszła do sklepu. Drobna kobieta o ptasich rysach twarzy i włosach w niebieskawym odcieniu, ubrana w jasnobeżową suknię, której kolor harmonizował idealnie z wystrojem wnętrza, zlustrowała ją niechętnym wzrokiem. Jej spojrzenie dawało do zrozumienia, że osoby w wytartych dżinsach nie są tu szczególnie mile widzianymi gośćmi.

– Czym mogę służyć? – zapytała chłodnym, wystudiowanym tonem.

Sancha zaczepnie podniosła głowę. Nie była w nastroju, żeby znosić podobne traktowanie. Czy tej babie się wydaje, że nikt na świecie nie nosi dżinsów? Przecież wystarczy przejść ulicą, żeby zobaczyć setki tak ubranych ludzi. A może po prostu ci w dżinsach nie wchodzili do tego sklepu? Jeśli traktowano ich w taki sposób, to zrozumiałe dlaczego.

– Chcę przymierzyć tę zieloną sukienkę z wystawy.

Wyfiokowanej damie nie bardzo się to jednak podobało.

– Nie sądzę, żebyśmy mieli pani rozmiar – powiedziała lodowato, jakby stała przed nią jakaś olbrzymka.

– Ta z witryny powinna pasować – warknęła Sancha.

Najchętniej ugryzłaby tę wstrętną babę i być może jej twarz wyraźnie zdradzała taki zamiar, gdyż sprzedawczyni szybko zdjęła sukienkę z modela. Sancha weszła do przebieralni.

Sukienka pasowała znakomicie, i co więcej – Sancha podobała się w niej sobie, kupiła ją więc, choć wypisując kwotę na czeku, trochę się zdenerwowała jej wysokością.

– Nie będę się przebierać – oświadczyła. – Czy może mi pani zapakować ubrania, w których przyszłam?

Kostyczna damulka wyciągnęła spod lady zwykłą papierową torbę. Wrzuciła do niej dżinsy i koszulę z miną, która świadczyła o tym, że najchętniej posłużyłaby się szczypcami, i popatrzyła znacząco na nogi Sanchy, dając do zrozumienia, że znoszone półbuty nie pasują do stylowej sukienki.

Miała rację. Sancha wzięła torbę i wyszła, żeby natychmiast wejść do sąsiedniego sklepu z obuwiem. Kupiła tam czarne pantofle na wysokim obcasie i czarną torebkę. Na szczęście ekspedientka, bardzo młoda, mocno umalowana dziewczyna z szopą blond włosów, okazała się sympatyczna. Kiedy Sancha płaciła rachunek, powiedziała:

– Piękna sukienka. Kupiła ją pani obok, prawda? Widziałam ją w witrynie.

– Mnie też się od razu spodobała, ale ta stara dama, która prowadzi sklep, wcale nie chciała mi jej sprzedać. Patrzyła na mnie jak na jakąś nędzarkę. Zawsze tak traktuje klientów?

Dziewczyna zachichotała.

– Prawie zawsze. Chyba że ktoś ma forsy jak lodu i wydaje się jej, że należy do wyższych sfer. To potworna snobka. Ślicznie pani w tej sukience.

Sancha podziękowała z uśmiechem, wdzięczna za dobre słowo.

Bardzo potrzebowała teraz, żeby ktoś dodał jej wiary w siebie. Chyba jeszcze nigdy nie miała takich kłopotów z poczuciem własnej wartości, a dokładniej mówiąc – osiągnęła w tym względzie dno.

Wyszła na ulicę i nagle zatrzymało ją gwizdnięcie. Spojrzała w górę i zobaczyła, że stojący na drabinie mężczyzna, który mył okno, robi do niej oko.

– Halo, ślicznotko, czekam na ciebie całe życie.

Roześmiała się nerwowo i szybko poszła dalej, zerkając od czasu do czasu na swoje odbicie w mijanych witrynach. To był szok. Nie przywykła jeszcze do nowego wyglądu – do zmienionej fryzury, szykownej sukienki, wysokich obcasów, dzięki którym wydawała się wyższa i smuklejsza. Niewiarygodne, jak zmiana powierzchowności wpływa na stan umysłu. Przez całe lata żyła w poczuciu absolutnej niezauważalności, przynajmniej jeśli chodzi o mężczyzn. Nie oczekiwała zainteresowania, a nawet go unikała. Była zbyt zajęta dziećmi i domem, żeby pomyśleć o sobie.

Było już późno. Powinna gdzieś wejść, żeby coś zjeść, zanim minie pora lunchu. Znalazła winiarnię i wstąpiła tam na lekki posiłek. Zamówiła porcję wędzonego łososia, sałatkę i kieliszek białego wina. Jadła niespiesznie, rozmyślając o Marku. Musiała podjąć decyzję, lecz ilekroć zbliżała się do jakiegoś postanowienia, ogarniał ją strach. Przestawała myśleć, czuła jedynie ból.

Przyjechała do domu około drugiej. Zoe siedziała w saloniku na podłodze w morzu porozrzucanych zabawek. Wyraz jej twarzy świadczył o kompletnym wyczerpaniu.

– Gdzie jest Flora? – zapytała z bijącym sercem przerażona Sancha.

Zoe jęknęła, przeczesując rękami włosy.

– Na górze. Śpi. Skończyły mi się pomysły, jak ją zabawić, więc zapytałam, na co ma ochotę. Powiedziała, że chce się kąpać. W porządku. Zabrałam ją do łazienki i napuściłam wody. Bawiła się cudownie... podtapiała plastikowe zabawki, robiła rączkami fale, opryskując mnie od stóp po cebulki włosów... godziłam się na wszystko. W końcu byłam tym już tak znużona, że chciało mi się wyć, i uznałam, że powinna już wyjść z wanny. No i zaczęło się. Kiedy wyjęłam ją z wody, zaczęła wrzeszczeć i kopać. Nie pozwoliła się wytrzeć i tak się wściekłam, że wrzuciłam ją gołą do łóżeczka i poszłam poszukać czystego ubranka, ale kiedy wróciłam, spała jak suseł. Nakryłam ją więc tylko kołderką i wyszłam. Mój Boże, Sancha, jak ty to możesz wytrzymać tak dzień po dniu? Jakim cudem jeszcze nie umarłaś?

Sancha roześmiała się.

– Niekiedy mam wrażenie, że umarłam.

Zoe spojrzała na nią zaskoczona.

– Ho, ho, ho – powiedziała, przyglądając się jej uważnie. – Dopiero teraz zauważyłam... Wyglądasz fantastycznie! Fryzura... genialna, odjęła ci ładnych parę lat, a sukienka po prostu cudna. Mark padnie z wrażenia.

Sancha zarumieniła się.

– Cieszę się, że ci się podobam. Nie wiem jak ty, ale ja marzę o herbacie. Jadłaś coś?

– Mało co. Zrobiłam na lunch sałatkę serową. Flora zjadła trochę sera z pomidorem i selerem, po czym zaczęła rozrzucać jedzenie po stole. Odechciało mi się jeść, ale herbaty bym się napiła.

Piły herbatę w kuchni. Było ciepło i cicho. Sancha czuła, że kleją się jej powieki, Zoe też niemal zapadła w drzemkę. Nagle ziewnęła i rzuciła siostrze bystre spojrzenie przez stół.

– Podjęłaś jakąś decyzję?

– Decyzję? – Udała, że nie rozumie, ale Zoe nie dała się zwieść.

– W związku z Markiem i tą kobietą – powiedziała wprost.

– Nie. Jeszcze nie.

– Pokaż mu ten list. Nie bądź strusiem. Musicie porozmawiać.

– Wiem.

Zoe dopiła herbatę i zerknęła na zegarek.

– Czujesz się na siłach odebrać chłopców? Bo szczerze mówiąc, bardzo bym chciała pojechać do domu i poleżeć w wannie. – Komicznie przewróciła oczami. – Potrzeba mi ciszy.

– Rozumiem – uśmiechnęła się Sancha. – Dobrze wiem, jak się czujesz. Nie powinnam ci była zostawiać Flory. Oczywiście, że odbiorę chłopców, nie ma problemu.

Zoe wstała i przeciągnęła się.

– Jestem kompletnie padnięta. Trzeba być naprawdę siłaczką, żeby to wytrzymać. Podziwiam cię.

Pocałowała ją w czubek głowy i wyszła.

Sancha nalała sobie jeszcze jedną filiżankę herbaty i usiadła w kuchni, wsłuchana w ciszę domu i wdzięczna za nią. Miała nadzieję, że Flora pośpi trochę dłużej niż zwykle. Do odebrania chłopców pozostała jeszcze godzina.

Miała przeczucie, że najbliższe miesiące okażą się najgorszym okresem w jej życiu. Zoe żartowała, nazywając ją siłaczką. Bardzo by chciała nią być. Ale nie była. Była jedynie bardzo przeciętną kobietą w bardzo bolesnej sytuacji i zupełnie nie wiedziała, co robić. Wiedziała jedynie to, że głęboko kocha swojego męża, i nie potrafiła znieść myśli o jego utracie. Nie potrafiła jednak także znieść myśli o tym, że jest z inną. Doprowadzało ją to do szaleństwa. A zatem, co należało zrobić?

Tego wieczora ułożyła synów i Florę do snu o zwykłej porze. Na kolację przygotowała im ulubione danie – jajecznicę z fasolą. Danie to wymyślił kiedyś Charlie i teraz ciągle się go domagali. Podała też owoce i lody waniliowe. Sama nie jadła nic. Jedzenie razem z dziećmi nigdy nie sprawiało jej prawdziwej przyjemności. Jej system trawienny nie radził sobie z bezustannym wstawaniem i siadaniem, z nerwowym napięciem, które ogarniało ją na widok Flory, metodycznie rzucającej na podłogę jedną fasolę po drugiej, i kopiących się pod stołem chłopców. Postanowiła poczekać z kolacją do czasu, kiedy pójdą do łóżek. Nie była głodna.

Nim zdążyła zjeść zupę z kawałkiem chleba, na górze zrobiło się cicho. Dzieci usnęły. Usiadła więc przed elektrycznym kominkiem i jadła jabłko, wpatrując się w rozpalone sztuczne bierwiono. Myślała o Marku i tej kobiecie. Bardzo chciałaby wiedzieć, czy jest teraz u niej, czy też naprawdę miał służbową kolację z szefem. Nagle jej wzrok spoczął na telefonie. Podniosła się szybko, otworzyła leżącą obok książkę telefoniczną i zaczęła szukać nazwiska Farrar. Znalazła bez trudu numer Jacqui, zawahała się i wykręciła go. Telefon dzwonił i dzwonił. Miała już się wyłączyć, gdy dzwonienie ustało i usłyszała niski schrypnięty głos.

– Tak, słucham?

Nie wiedziała, jak zareagować.

– Halo? Jacqui Farrar przy aparacie.

Pragnęła przerwać połączenie, ale nie była w stanie tego zrobić, wsłuchana chciwie w głos kobiety, która mogła być kochanką jej męża.

– Halo, halo – powtarzała Jacqui, aż nagle tuż przy niej odezwał się mężczyzna.

– Nie może się połączyć, czy udaje? Słychać oddech? Daj no mi słuchawkę. Tacy imbecyle doprowadzają mnie do szału. Zaraz się go pozbędziemy.

Był to głos Marka. Sancha czuła się tak, jakby jakaś gigantyczna łapa wycisnęła z niej życie.

– Słuchaj, kretynie, odczep się. Jeśli się w tej chwili nie wyłączysz...

Odłożyła słuchawkę i stała z zamkniętymi oczami, dygocząc. A zatem to była prawda. Pojechał do tamtej. Kochali się już, czy dopiero zamierzali? Nie. To po prostu ponad jej siły...

Wyłączyła elektryczny kominek, pogasiła światła, zamknęła wszystkie drzwi, wykonując te codzienne, rutynowe czynności z tępą precyzją robota i prawie na ślepo. Pod powiekami wirowały jej obrazy, które podsuwała nieujarzmiona wyobraźnia. Pragnęłaby je usunąć, wyłączyć, jak się wyłącza telewizor, ale wymykały się woli, nad którą zapanowały niepodzielnie zazdrość i rozpacz.

Nie uda jej się teraz usnąć, choć jutro czekały na nią zwykłe obowiązki – opiekowanie się dziećmi, sprzątanie, zakupy, gotowanie. Może to będzie jednak łatwiejsze niż siedzenie i patrzenie w ścianę? Wystarczy zmęczyć się do upadłego, by nie starczyło już sił na myślenie.

Kiedy Mark wrócił, wciąż jeszcze nie spała. Słyszała, jak samochód przemierza wolno podjazd do garażu, a jeszcze później ciche stuknięcia otwieranych i zamykanych drzwi. Oparła się na łokciu i spojrzała na zieloną, fosforyzującą tarczę budzika. Dochodziła pierwsza.

Położyła znowu głowę na poduszce i patrzyła w sufit, słuchając kroków Marka na dole. Drzwi lodówki otworzyły się i zamknęły; prawdopodobnie przygotowywał sobie szklankę mrożonej wody na wypadek, gdyby przebudził się w nocy i zachciało mu się pić. Szedł już na górę. Zawsze i wszędzie rozpoznałaby jego kroki. Po skrzypieniu rozpoznawała też stopnie schodów, na które wchodził. Najwyraźniej starał się jej nie obudzić. Nie chciał, żeby wiedziała, iż wrócił aż tak późno. Nie życzył sobie pytań, gdzie był i co robił do tej pory. Próbował to ukryć. Zdradzał ją, lecz nie zamierzał ponosić konsekwencji swojego postępowania. Tyle że będzie musiał! Postanowiła zastosować się do rady Zoe i doprowadzić do konfrontacji. Powiedzieć, że wie o wszystkim i że może już przestać kłamać. I albo przestanie się widywać z tą dziewczyną, albo koniec małżeństwa.

Wstrzymując oddech, czekała, aż otworzy drzwi ich sypialni i wejdzie, ale tak się nie stało. Poszedł korytarzem aż do końca, gdzie znajdował się wolny pokoik. Poczuła się tak, jakby została spoliczkowana. A więc nie zamierzał nawet dzielić z nią sypialni. Jedynie tej nocy, czy też może już zawsze?! Urażona i zdenerwowana do ostateczności, wyskoczyła z łóżka i jak szalona pobiegła korytarzem. Wpadła do pokoju, gdy Mark kładł się spać. Był rozebrany. Gniewne słowa oskarżenia zamarły Sanchy na ustach. Nie widziała go nagiego od miesięcy. Wrażenie było tak silne, że krew uderzyła jej do głowy. Miała wyschnięte usta, z trudem chwytała oddech.

– Obudziłem cię? Przepraszam. Starałem się zachowywać jak najciszej – powiedział, odwracając się z irytacją. Szybko wszedł pod kołdrę, naciągając ją pod samą szyję, jakby chciał ukryć nagość albo nie życzył sobie, żeby na niego patrzyła.

Przełknęła ślinę, walcząc z przemożnym pragnieniem, by podejść i dotknąć go. Dałaby wszystko, żeby z nim teraz być, ale nie ośmieliła się zaryzykować odtrącenia.

– Dlaczego przyszedłeś spać tutaj?

– Bo nie chciałem cię obudzić. To chyba oczywiste.

Nie patrzył na nią, lecz z zaciętym wyrazem twarzy utkwił wzrok gdzieś obok. Zrozumiała, że nie chce jej widzieć. Jej obecność w tym pokoju była dla niego kłopotliwa.

– Ale, jak widzisz, nie śpię! – powiedziała z wściekłością. – Czemu wróciłeś tak późno?! Gdzie byłeś, Mark?

– Już ci to mówiłem. Na służbowej kolacji. – Ziewnął nieprzekonywająco. Jego twarz wyrażała zbyt wielkie napięcie, by mógł od razu zasnąć. – Słuchaj, jestem zmęczony. Porozmawiamy rano. Prześpię się dziś tutaj, skoro już leżę. – Wyłączył boczną lampkę. – Dobranoc.

W Sanchy aż się zagotowało, lecz wieloletni trening okazał się skuteczny. Już po pierwszym dziecku nauczyła się ustępować, pohamowywać własne reakcje, przyjmować rzeczy takie, jakie są, cierpliwie znosić niespodzianki. Taki jest los matek. Na pewien czas muszą dla dobra dzieci zrezygnować z osobistych potrzeb i pragnień. Chciało się jej teraz krzyczeć, ale zdusiła w sobie gniew, wciągnęła powietrze, zamknęła drzwi bardzo cicho – choć najchętniej by nimi trzasnęła, ale przecież nie wolno było obudzić dzieci – i powlokła się do siebie. Gdy niemal cudem dotarła do łóżka, upadła na nie, trzęsąc się jak w febrze i gryząc do krwi pięść, żeby nie krzyczeć.

Jak on śmiał? Jak śmiał mówić do niej tak szorstko, patrzeć takim zimnym, nieobecnym wzrokiem? Oszukiwać, zdradzać. Niech nie myśli, że ujdzie mu to na sucho. Znała ten rodzaj męskiej taktyki. Typowo męskiej. Polegała na zwalaniu winy, na ustawianiu wszystkiego tak, żeby się wydawało, że to kobieta jest winna, że to ona postępuje niewłaściwie. Ona – nie on. Nigdy on.

Ich synowie zachowywali się identycznie, od małego ucząc się podobnej taktyki. „Ja? Ależ skąd! Mamusiu, chyba nie myślisz, że mógłbym coś takiego zrobić. To nie ja. To na pewno Flora. To ona". Flora rozlała mleko, podarła komiks, zbiła filiżankę, zjadła czekoladę... i dalej w tym stylu. Tak działo się co dzień, gdy musiała występować w roli sędziego śledczego i obrońcy w jednej osobie, próbując bez skutku znaleźć winowajcę wśród trójki swych dzieci. Chłopcy próbowali zawsze obarczyć winą Florę, a jeśli zdarzyło się, że nie dało się jej niczym obciążyć, kończyła się męska solidarność. Z miną urażonego niewiniątka jeden oskarżał drugiego. Byli wszakże tylko dziećmi. Mark natomiast nie mógł liczyć na pobłażliwość. Postanowiła porozmawiać z nim z samego rana, nim obudzą się dzieci.

Nastawiła budzik o pół godziny wcześniej niż zwykle, lecz kiedy poszła zbudzić Marka, pokój był pusty. Myśląc, że już wstał, zeszła na dół, ale tam również go nie było. Wyszedł, kiedy spała! Na stole leżała kartka: „Musiałem wcześniej wyjść. Mark". Sancha przeczytała ją, gwałtownie zmięła papier i rzuciła kulką o ścianę, dygocąc ze złości i bólu. Skłamał. Wciąż kłamał. Wyszedł wcześniej, żeby uniknąć spotkania z nią. Zrozumiał, że zamierza mu zadać trudne pytania, i nie chciał na nie odpowiadać.

Tyle że będzie musiał. Wcześniej czy później musi dojść do rozmowy.

Przed południem wybrała się z Florą do pobliskiego supermarketu po zakupy. Była już nieźle obładowana, gdy spotkała Marthę Adams, jedyną sąsiadkę, z którą utrzymywała serdeczny kontakt.

– Obcięłaś włosy! – natychmiast zauważyła Martha. – Świetnie! Wyglądasz o wiele młodziej. Do twarzy ci w krótszej fryzurze.

– Dziękuję. Czuję się lżej.

Martha przyjrzała się trzem wielkim torbom z zakupami i ze śmiechem zapytała:

– Robisz zapasy?

– Ależ skąd! – jęknęła Sancha. – Chłopcy mają wilczy apetyt. Samych płatków kukurydzianych poszło dzisiaj rano pół pudełka. Kupiłam jedynie to, co najpotrzebniejsze i wystarczy tego tylko na kilka dni.

– Wiesz co, chodźmy na kawę – zaprosiła ją Martha.

Przeszły przez ulicę i weszły do „Victorian Coffe House". Stylową restaurację postawiono rok temu, miała jednak wygląd sprzed około stu lat. Młode i ładne kelnerki ubrane były w długie czerwono-czarne sukienki, sztywne czepki i fartuszki. Nawet nazwy potraw w karcie miały brzmienie z epoki wiktoriańskiej. Sancha i Martha nie potrzebowały jednak patrzeć do karty. Bywały tu nieraz i znały menu na pamięć. Martha zamówiła to, co zawsze, czyli dwie kawy, dwie maślane bułeczki i gorącą czekoladę z prawoślazem dla małej. Kelnerka przyjęła zamówienie i zniknęła, szeleszcząc długą spódnicą.

Flora zauważyła od razu konika na biegunach, który w tym miejscu stanowił dla niej jedną z głównych atrakcji. Akurat nie siedziało na nim inne dziecko.

– Na konika, na konika! – zawołała, próbując zejść z wysokiego fotelika.

Gdy Martha wzięła ją na ręce i posadziła na koniu, od razu puściła się w galop, pokrzykując z radości. Sancha obserwowała ją z miłością. Była małą, męczącą uparciuchą, ale przede wszystkim najdroższym skarbem. Skoczyłaby za nią w ogień. Los chciał, że jej pojawienie się na świecie spowodowało oddalenie się Marka. Nie było tak, że nie kochał tego dziecka czy też w ogóle go nie chciał. Flora jedynie okazała się tak absorbująca, że nie starczało już czasu na nic.

– Coś się stało?

Wpatrzona w bawiącą się córeczkę Sancha nie zauważyła, że Martha przygląda się jej bacznie. Dopiero teraz, zaskoczona pytaniem, uświadomiła sobie, że ma w oczach łzy. Pokręciła przecząco głową i przesunęła ręką po policzkach.

– Nie, skąd – skłamała, zmuszając się do uśmiechu.

Mała, niepozorna Martha Adams miała twarz jak serduszko i kręcone, krótkie czarne włosy bez śladu siwizny, choć była już po czterdziestce. Mieszkała samotnie w domu po przeciwnej stronie ulicy. Dzieci Sanchy uwielbiały tam chodzić, ponieważ Martha trzymała psy – dwa gładkie rude setery – i kota.

– Nie udawaj – powiedziała wprost. – Wiesz przecież,

że możesz mi zaufać. Nic nikomu nie powtórzę – szepnęła, zerkając na Florę. – Masz kłopoty? Z nią?

Sancha roześmiała się.

– Z Florą zawsze są kłopoty.

– To prawda – uśmiechnęła się Martha. – Ale coś jest nie tak, prawda? Z chłopcami czy z Markiem?

Ułowiła słabe, natychmiast zduszone westchnienie i zrozumiała w jednej chwili.

– A więc chodzi o Marka. Chyba nie jest chory? Ma problemy w pracy?

– Ale z ciebie Sherlock Holmes. Dajmy temu spokój. Nic się nie dzieje.

Martha popatrzyła jej prosto w twarz.

– Wyglądasz okropnie. Jakbyś przez całą noc nie zmrużyła oka. Kiedy się ostatnio widziałyśmy… chyba przedwczoraj… wyglądałaś ładnie. No więc, co się stało?

Sancha zerknęła na Florę. Bujała się zawzięcie, niepomna na nic, co działo się wokół. Nie mogła słyszeć rozmowy prowadzonej ściszonym głosem, a możliwość zwierzenia się przyjaciółce była kusząca. Martha była pierwszą osobą, która odwiedziła ich w nowym domu. Przyszła z talerzem domowych ciasteczek i bukietem róż ze swego pięknego ogrodu. Przez wszystkie następne lata stanowiła dla niej prawdziwe oparcie – robiła im zakupy, jeśli nie mogła wyjść; kiedy trzeba było, przypilnowała dzieci, doradzała, pomagała. Sancha była szczęśliwa, że ma taką dobrą sąsiadkę i ze swej strony próbowała okazać jej wsparcie w trudnych chwilach. Mąż Marthy, nauczyciel, wdał się w romans ze swoją osiemnastoletnią uczennicą. Wybuchł skandal, na którym żerowały gazety. Dziennikarze nie dawali jego żonie spokoju; czyhali przed jej domem, wykrzykiwali pytania przez szparę skrzynki na listy, a kiedy tylko przestąpiła próg, błyskały flesze aparatów fotograficznych. Po kryjomu, pod osłoną nocy, Sancha zabrała Marthę do siebie, dając jej do dyspozycji pokój, w którym przetrwała najgorsze. I wtedy właśnie prawdziwie się zaprzyjaźniły. Sancha była jedyną osobą, z którą Martha mogła porozmawiać szczerze. Nigdy nie zawiodła jej zaufania. Wiedziała więc, że może jej teraz całkowicie ufać.

– Widzisz… – powiedziała cicho po chwili wahania. – To prawda, jestem trochę zdenerwowana. Dostałam wczoraj pewien list… anonim.

Martha skrzywiła się z niesmakiem.

– Anonim? Spal go i zapomnij o tej bzdurze. Takie listy piszą wyłącznie ludzie chorzy umysłowo.

– Wiem – potwierdziła gorzko Sancha. – Myślę jednak, że tym razem anonim zawierał prawdę… Ktoś mi doniósł, że Mark ma romans.

– E tam, coś ty… – Martha spojrzała na nią z zakłopotaniem. – Nie wierzę. Mark cię kocha. Nie bierz tego serio, Sancha…

– Tak też najpierw pomyślałam. Nie podejrzewałam niczego, ale… Obawiam się, że… – Głos się jej załamał i urwała, przenosząc wzrok na Florę, która, podśpiewując, bez wytchnienia bujała się na koniku. – To prawda – dopowiedziała nieswoim głosem. – W liście napisano, że wczorajszy wieczór Mark spędzi w towarzystwie swojej asystentki. Tymczasem rano powiedział mi, że jest umówiony na kolację z szefem. Zatelefonowałam pod domowy adres tej kobiety i… był tam. Słyszałam jego głos… a wcześniej zauważyłam ich w Hampton. Jedli razem lunch. Nigdy przedtem jej nie widziałam, ale jestem pewna, że to była ona. Obejmował ją. Gdybyś mogła to zobaczyć! Zgrabna, włosy blond, wspaniale ubrana. Za takimi dziewczynami mężczyźni szaleją...

Martha słuchała, coraz bardziej posępniejąc.

– A to się narobiło – powiedziała z westchnieniem. – Wzięłaś Marka na spytki? Co powiedział?

– Nie miałam okazji z nim porozmawiać. Wrócił do domu po północy, a dziś wyszedł, zanim wstałam. Kiedy przez cały czas dzieci kręcą się obok, trudno o rozmowę w cztery oczy. Będę musiała wieczorem poczekać, aż zasną.

– Tak, tak. O takich sprawach nie wolno rozmawiać przy dzieciach.

– No właśnie – przytaknęła Sancha. – No a dzisiaj jest piątek. Jeśli nie uda mi się porozmawiać z nim wieczorem, to już nie wiem... W sobotę i niedzielę dzieciaki są przez cały czas w domu. Jak tu przeprowadzić poważną rozmowę?

– A gdybym jutro zabrała całą trójkę do zoo?

– Och... mogłabyś, Martha, naprawdę?

Martha uśmiechnęła się.

– Z największą przyjemnością. Zjedlibyśmy lunch na mieście, nie byłoby nas cały dzień. Pogoda jest taka piękna, że na pewno wszystko by się świetnie udało, a poza tym wiesz, że lubię towarzystwo twoich dzieci. – Obejrzała się na Florę i zniżając głos do najcichszego szeptu, dodała:
– Nie rezygnuj ze swojego małżeństwa bez walki. Spróbuj je ocalić. W tych sprawach nie wolno się spieszyć. Bóg jeden wie, jak żałuję swojej decyzji o rozwodzie. Jimmy stracił głowę dla tej małej, ale to nie trwało nawet rok. Byłam na niego tak wściekła, że z miejsca wystąpiłam

o rozwód. Ambicja... Nie mogłam znieść, że zrobił ze mnie idiotkę dla jakiejś siuśmajtki. Chciałam się odegrać. Teraz często myślę, że wolałabym, żeby tak się nie stało.

Sancha popatrzyła na nią ze współczuciem. Czemu życie musi być tak skomplikowane, pełne problemów? Chodzimy wciąż jak po linie – wystarczy jeden fałszywy krok, a już leci się głową w dół. Gdyby tak móc znać przyszłość i konsekwencje swoich wyborów!

– Nie popełnij mojego błędu – powiedziała łagodnie Martha. – Dałabym wszystko, żeby Jimmy wrócił, ale już za późno. Pisał do mnie dwukrotnie, błagając o spotkanie i rozmowę. Odpowiedziałam bardzo gorzkim listem, dając do zrozumienia, żeby się odczepił na wieki. Potem emigrował do Australii i od tego czasu nie mam od niego żadnych wieści. Jeśli kochasz Marka, nie spiesz się z podejmowaniem decyzji. Cokolwiek się dzieje, poczekaj i, nim pomyślisz o rozwodzie, upewnij się, czy wasze małżeństwo jest już naprawdę nie do uratowania.

ROZDZIAŁ TRZECI

Tego wieczora Mark wrócił do domu dopiero po ósmej. Dzieci spały już w swoich łóżkach, a Sancha siedziała w saloniku, zwinięta na dywanie przed elektrycznym kominkiem. Zimą włączyłaby ogrzewanie, ale przecież był już maj. Dzień był ciepły, lecz pod wieczór temperatura spadła. Na myśl o rozmowie z Markiem od rana z trudem panowała nad nerwami. Kiedy jednak czas mijał, a on nie wracał, rozkleiła się zupełnie i sama już nie wiedziała, czy jest jej po prostu zimno, czy też dygoce ze zdenerwowania.

Było jeszcze widno, gdy zjadła odrobinę sałatki, którą przygotowała do pieczonego kurczaka na kolację dla Marka, i usiadła z filiżanką kawy. Powoli zapadł zmierzch. Pokój, tam gdzie nie sięgał czerwony blask kominka, wypełniała ciemność.

Kiedy usłyszała samochód, wyprostowała plecy i z napięciem słuchała, jak Mark wjeżdża do garażu, zamyka drzwi, wchodzi na ganek i przekręca klucz w zamku. Wejściowe drzwi otworzyły się i zamknęły. Słyszała, jak zdejmuje i wiesza płaszcz. Kroki zbliżyły się do drzwi.

– Dlaczego siedzisz po ciemku? – Włączył światło i oślepiona, zmrużyła na moment oczy.

– Czemu mi nie powiedziałeś, że znowu wrócisz tak późno? – zapytała, nie odwracając się.

– Przepraszam. Przyjechałbym o zwykłej porze, ale na Bailey Cross Road zdarzył się wypadek. Musiałem złożyć zeznania na policji.

– Mogłeś do mnie zadzwonić.

– Myślałem, że zajmie to pół godziny, ale policjanci marudzili...

– Masz przecież komórkowy telefon!

– Tak, ale...

– Ale nawet nie pomyślałeś, że można mnie zawiadomić. Obchodzę cię tyle, co zeszłoroczny śnieg!

Zerwała się na nogi, patrząc na niego z gorzkim wyrzutem, lecz ani przez moment nie zapomniała, że nie wolno jej podnieść głosu, by nie obudzić dzieci.

Zaczerwienił się i usztywnił i nagle z niemądrym żalem w sercu pomyślała, że nawet nie zauważył jej nowej fryzury ani tego, że zamiast dżinsów ma na sobie nową sukienkę. Ale przecież tak naprawdę wcale na nią nie patrzył.

– Powiedziałem, że przepraszam! – warknął. – Zadzwoniłbym, gdybym miał na to czas, ale ledwie ruszyłem spod biura, znalazłem się w obliczu groźnej kraksy. Zapalił się samochód, w który uderzyła niesprawna koparka. Byli ranni. Istne piekło. W końcu przyjechała straż pożarna i pogotowie. OK, przyznaję, pomyślałem przez moment, że powinienem zadzwonić i powiedzieć, że spóźnię się na kolację, ale w takich chwilach człowiek zapomina o drobnostkach.

– Och, dziękuję – wypaliła z ironią. – Oto czym dla ciebie jestem... drobnostką.

Westchnął ciężko. Opuszczone po bokach dłonie zacisnęły się w pięści.

– Słuchaj, do diabła, co się z tobą ostatnio dzieje?

Sancha była tak rozjuszona, że nie czekając ani chwili, odwróciła się i podniosła z podłogi anonim, który odczytywała sobie niedawno po raz setny i zostawiła na dywanie obok pustej filiżanki.

– Co to jest? – Ściągnął brwi, kiedy mu go podawała.

– Przeczytaj, to się dowiesz.

Rozprostował wymiętą kartkę, którą przez cały dzień nosiła w kieszeni. Obserwowała go uważnie. Był wyraźnie zszokowany. Twarz mu się ściągnęła, oczy zwęziły w szparki.

– Boże! – szepnął, po czym spojrzał na nią ostro. – Czy to przyszło w codziennej poczcie? Gdzie jest koperta?

– Wyrzuciłam.

– Na miłość boską! Dlaczego?

– Nie wiem. Chyba… – Nagle zapragnęła go uderzyć. – Przestań na mnie krzyczeć! Zawsze wyrzucam koperty. A co, nie powinnam? Niby dlaczego?

– Łatwiej dojść, kto jest nadawcą.

– Adres napisany był na maszynie. Żadnych cech szczególnych ta koperta nie miała.

– Znaczek był miejscowy?

– Tak, ale to nieistotne! Ważne, czy to prawda.

Zmiął list i rzucił nim za siebie, a następnie przesunął ręką po twarzy, jakby nie chciał, żeby go zdradziła.

– To proste pytanie, Mark. Prawda czy nieprawda? Masz romans ze swoją asystentką? Nie stój tak i nic nie wymyślaj. Po prostu powiedz: tak czy nie?

Odwrócił się i przeszedł przez pokój z pochyloną głową. Czekała, patrząc na smukłą linię rysujących się pod marynarką pleców i przypominając sobie ubiegłą noc. Przez ułamek sekundy widziała go nagiego, a potem, odtrącona, leżała, nie mogąc zasnąć, udręczona pożądaniem i rozpaczą. Walczyła teraz z tymi samymi uczuciami, ponieważ miała absolutną pewność, że donos był prawdziwy. Gdyby to były kłamstwa, Mark zareagowałby inaczej. Roześmiałby się albo rozgniewał, powiedziałby coś, a nie stał bez słowa, odwrócony tyłem.

– Dlaczego, Mark? Dlaczego? – zawołała z rozpaczą, a wtedy błyskawicznie odwrócił się i spojrzał na nią purpurowy na twarzy. Jego oczy błyszczały gorączkowo.

– Dlaczego? – powtórzył jak echo i nagle się roześmiał. Zamrugała, jakby ją uderzył.

– Naprawdę nie wiesz, dlaczego? Jeśli to jest prawda, to dlatego, że nic cię nie obchodzę. Czasami się zastanawiam, czy w ogóle kiedykolwiek coś do mnie czułaś.

– Jak możesz coś podobnego mówić?! Wiesz przecież, że ja… – szepnęła i zamilkła, zdenerwowana do ostateczności.

– Wiem, wiem… Byłem ci potrzebny, inaczej nie mogłabyś ustawić się w życiu tak, jak chciałaś. Mężczyzna potrzebny ci był wyłącznie po to, żeby mieć dzieci i dom, a skoro już to wszystko masz, to o co chodzi? Jestem tyle wart, ile pieniądze, które przynoszę pierwszego. Bo ktoś, naturalnie, musi to wszystko opłacać… I ty, i dzieci żyjecie tu sobie jak w raju. Bardzo proszę… Szkoda tylko, że istnieję jeszcze ja, ktoś absolutnie zbędny w tym domu.

Miała mu już powiedzieć, że to nieprawda, że go kocha, zawsze kochała, lecz nienawistne spojrzenie Marka zamknęło jej usta.

Natarł na nią jeszcze gwałtowniej.

– Najlepiej, żebym w ogóle zniknął, prawda? Ledwie na mnie patrzysz, prawie nie rozmawiamy, a co do seksu…

Zaraz, kiedy to ostatnio byliśmy ze sobą? Przypominasz sobie? No powiedz, ile razy kochaliśmy się, od kiedy urodziłaś Florę?

Wybuch Marka zdenerwował Sanchę tak bardzo, że kiedy jednym susem znalazł się przy niej, cofnęła się przerażona.

– Och, nie bój się – powiedział z błyskiem w oczach. – Nie mam zamiaru cię zgwałcić. Za bardzo się szanuję, żeby narzucać się kobiecie, która mnie nie chce. Właśnie dlatego nawet nie próbowałem zbliżyć się do ciebie przez te wszystkie miesiące. Po co? My już nie jesteśmy małżeństwem, Sancho. My tylko mieszkamy pod jednym dachem. Mam tego dosyć. Dosyć ignorowania mnie. Dosyć twojej oziębłości.

– Mark! – krzyknęła ze łzami w oczach. – Jak możesz tak mówić?! Nigdy nie byłam wobec ciebie oziębła!

– Za każdym razem, kiedy próbowałem się do ciebie zbliżyć, udawałaś senną albo zmęczoną…

– Nie udawałam. Wieczorem po prostu padam na twarz. Doglądanie trójki dzieci i prowadzenie domu to nie zabawa. Zrozum… – Wyciągnęła do niego rękę. – Mark… Przepraszam, jeśli cię czymś uraziłam. Nie przyszło mi do głowy, że mógłbyś pomyśleć, że przestałam cię kochać. Czemu ze mną nie porozmawiałeś? Dlaczego mi nic nie mówiłeś?

– A co? Miałem może paść na kolana i żebrać, żeby moja własna żona raczyła mnie zauważać! Zostało mi jeszcze trochę godności. Nie chcesz mnie, w porządku. Niby dlaczego miałoby ci przeszkadzać, gdybym sobie kogoś znalazł?

– Kochasz ją? – zapytała drżącym głosem, przemagając straszliwy ból. – Kochasz?

Twarz ściągnęła mu się jeszcze boleśniej. Zbladł.

– Nie rozmawiamy teraz o Jacqui! – krzyknął. – Rozmawiamy o tobie, Sancha, o tobie i o mnie, nie o niej. Gdybyśmy przez te ostatnie dwa lata byli prawdziwym małżeństwem, wiedziałabyś dokładnie, co się ze mną dzieje. Nie musiałabyś się o niczym dowiadywać z anonimów. Ale my już ze sobą nie rozmawiamy, prawda? Jeśli chcę ci coś powiedzieć, nie słuchasz, bo zawsze jesteś zbyt zajęta swoimi dziećmi.

– Nie moimi, tylko naszymi! To są także twoje dzieci.

Kiwnął głową i odrzucił niecierpliwym gestem włosy opadające na czoło.

– Owszem, i kocham je, ale nie mam na ich punkcie fioła. W moim życiu jest miejsce na jeszcze inne sprawy. Ale ty… Ciebie nie interesuje nic oprócz nich. A z całą pewnością nie ja. Zawsze tylko one.

Patrzyła na niego zaskoczona. Nie do wiary! Czyżby był zazdrosny o dzieci? O swoje własne dzieci?!

– Ależ… Mark, tak to przecież jest. Nasze dzieci są jeszcze małe, jestem im potrzebna przez dwadzieścia cztery godziny na dobę. Szczególnie Florze, sam wiesz, jaka jest absorbująca. Kiedy wracasz do domu, zdążę się już tak urobić, że jestem jak żywy trup. Mam tylko jedno marzenie: położyć się gdziekolwiek i spać kamiennym snem.

– I tak co noc, Sancha? Cholera jasna, co noc?

Zadrżała i poruszona do głębi dotknęła jego ręki, ale natychmiast się odsunął.

– Proszę cię, Mark – powiedziała miękko. – Przecież tak nie będzie zawsze! Tylko dopóki są małe i ciągle mnie potrzebują.

– A jak długo to potrwa? Ile jeszcze? Jak długo będzie

tak jak teraz? Rok? Dwa? Sześć lat? Dziesięć? I przez cały ten czas mam ci przypominać, że w ogóle istnieję? Tak to sobie wyobrażasz?

Było to pytanie retoryczne. Nie oczekiwał odpowiedzi.

– Nie, oczywiście, że nie – zaprzeczyła gorąco. – Teraz już wiem, zrozumiałam, Mark... Nie podejrzewałam, że tak to odbierasz, ale teraz...

– Wiem, że nie podejrzewałaś – ze złością wszedł jej w słowo. – W ogóle mnie nie dostrzegasz. Gdybym cię obchodził, zauważyłabyś, że mam kłopoty i potrzebuję pomocy, twojego wsparcia, choćby odrobiny jakiejś pociechy.

Sancha ściągnęła brwi, poruszona.

– O czym ty mówisz? O jakich kłopotach?

– Nie udawaj, że nagle cię to zainteresowało. Za późno na okazywanie współczucia.

O co tu chodziło? Wpatrywała się w niego, próbując odgadnąć, co takiego mogło się dziać. Czego jeszcze nie zauważyła poza tym, że związał się z inną? Kobiecy instynkt podpowiadał tylko jedno. Gdyby któreś z dzieci marudziło i zachowywało się inaczej niż zwykle, natychmiast zaniepokoiłaby się o jego zdrowie.

– Jesteś chory? – zapytała niespokojnie, przyglądając mu się jeszcze uważniej. Chyba nie zawsze był taki szczupły? Schudł? Marynarka wydała jej się mniej dopasowana, w pasie było jakby trochę za dużo luzu. Powinna była to zauważyć. Może rzeczywiście Mark miał rację? Może, tak bardzo zajęta dziećmi, zapomniała o nim? Ale przecież do tej pory nigdy nie chorował...

Dopiero teraz spostrzegła, jaki jest mizerny. Rysy twarzy wyostrzyły się, skóra miała jakiś szary odcień. Co to mogło oznaczać? Wyobraźnia podsunęła jej od razu najgorszą możliwość. Och, nie, pomyślała blednąc, tylko nie rak. Boże, błagam cię, wszystko, tylko nie to.

– Nie – odburknął niechętnie. – Nie jestem chory. A co? Wyglądam na chorego? Zawsze byłem silny jak byk. Ostatnio chyba trochę schudłem, ale to dlatego, że z nerwów straciłem apetyt. Nic mi nie jest.

Na twarz Sanchy powoli wróciły rumieńce.

– A czym się tak martwisz, Mark? – zapytała łagodnie.

Zawahał się, ale odpowiedział niby to lekkim tonem.

– No cóż, w końcu ciebie to też dotyczy. Chodzi o moje przedsiębiorstwo. Jesteśmy w opałach. Grainger, szef GRO Construction, tej dużej firmy konstrukcyjnej, która ciągle reklamuje się w telewizji… No, wiesz już?

Skinęła głową, wyławiając z pamięci nalaną twarz mężczyzny o fałszywym uśmiechu.

– Tak, przypominam go sobie.

– No więc, Grainger jest w tej chwili w szczytowej formie. Próbuje wykończyć mniejsze przedsiębiorstwa, takie jak nasze, skupując akcje. Zorientowaliśmy się, co się święci, ale, niestety, trochę za późno. Próbujemy się nie dać, dlatego wszyscy harujemy jak woły i dlatego w ostatnich tygodniach tak często pracowałem do późna.

Czyli że nie zawsze, kiedy się spóźniał, był z tamtą, pomyślała z chorobliwą ulgą. Pracował. Nie zawsze kłamał.

– No i udało się? – zapytała z lżejszym sercem. – Poradziliście sobie?

Skrzywił się.

– Chciałbym, żeby tak było, ale nie wiemy, co się jeszcze może zdarzyć. Grainger wypuścił akcje. Nasi udziałowcy będą się musieli zdecydować. Jedna akcja u Graingera czy dwie u nas?

– Czy to korzystna oferta? – zapytała niepewnie.

Nie miała pojęcia o prowadzeniu biznesu ani wartości akcji firmy Marka. Żałowała teraz, że nigdy się tym bliżej nie zainteresowała. Gdyby okazała więcej uwagi, mogłaby się domyślić, że Mark ma kłopoty.

Wzruszył ramionami.

– No pewnie. A przynajmniej kusząca. GRO Construction to silne przedsiębiorstwo i działa dłużej niż my. Frank i ja opracowujemy teraz nową ofertę, z którą w przyszłym tygodniu wystąpimy do wszystkich naszych udziałowców. Proponujemy wysoką dywidendę i roztaczamy przed nimi świetlane perspektywy. Parę dni później ma się odbyć spotkanie udziałowców i głosowanie. Dopóki nie znamy wyniku tego głosowania, trudno przewidzieć, co przyniesie przyszłość.

Sancha również nie potrafiła przewidywać. Słuchała bardzo uważnie tego, co jej opowiadał, ponieważ los przedsiębiorstwa obchodził również ją – zależało od niego całe ich życie. Jednakże przez cały czas nurtowały ją sprawy osobiste, kwestia tej kobiety, o której nie chciał nawet rozmawiać.

Czy rozmawiał z tamtą o niej? Zwierzał się jej w łóżku? Skarżył się na nieczułą żonę?

Nienawidziła jej z całego serca – tej blondynki, o tyle młodszej, która nie musiała przez całe miesiące czuć się jak nadmuchany balon, nosić pod sercem dzieci Marka. Która nie miała rozstępów na brzuchu i zdeformowanych karmieniem piersi. Nie musiała codziennie godzinami robić zakupów, prać, gotować, nosić byle jakich ubrań, których nie żal było zniszczyć, gdy jednemu z dzieci zdarzyło się na przykład zwymiotować pożartą zbyt łapczywie śliwkę.

Na ile poważny był to związek? Czy Mark zamierzał odejść? A przede wszystkim – czy rzeczywiście kochał tamtą dziewczynę? Nie odpowiedział jej na to pytanie.

Oczywiście, ta jakaś Jacqui Farrar wiedziała o jego kłopotach. Pracowali razem i na pewno opowiadał jej o wszystkich codziennych sprawach.

– Dlaczego o niczym mi nie powiedziałeś? – zapytała, przepełniona zazdrością.

– A kiedy miałem to zrobić? – warknął z niechęcią. – Czy ty w ogóle kiedykolwiek chciałaś ze mną porozmawiać albo mnie wysłuchać? Czy okazałaś choćby minimum zainteresowania tym, czym się zajmuję? Wracam do domu i albo zastaję cię rozespaną, z głową na kuchennym stole, albo siedzisz, ziewając przez parę minut, po czym mówisz mi dobranoc.

– Mogłeś spróbować! Skąd miałam wiedzieć, że masz kłopoty, jeśli nawet o tym nie napomknąłeś... Wolałeś się zwierzać tej swojej blondyneczce.

– Przynajmniej słuchała, co mówię.

– Nie wątpię. Zwłaszcza w łóżku. Czy spanie z tobą należy do jej obowiązków służbowych?

Markowi pociemniała twarz. Purpurowy z gniewu chwycił Sanchę za ramiona i potrząsnął nią jak szmacianą lalką.

– Ty podła, sycząca kocico.

Oślepiona włosami, które na moment zakryły jej twarz, szarpnęła się z wściekłością i kopnęła go w kostkę. Kopnęła tak mocno, że sama uderzyła się w palec. Oboje jednocześnie krzyknęli z bólu.

– Mogłaś mi złamać kostkę!

– Może następnym razem pomyślisz dwa razy, zanim spróbujesz mną trząść.

Rozcierając kostkę, Mark popatrzył na nią, jakby widział ją po raz pierwszy w życiu.

– Masz jakieś inne włosy – powiedział rozkojarzony. – Obcięłaś je? Kiedy?

– Och, zauważyłeś wreszcie. Parę dni temu, ale tak rzadko się ostatnio widujemy, że... I ty mi mówisz, że to ciebie się w tym domu nie dostrzega!

Dopiero teraz przyjrzał się jej naprawdę uważnie. Zauważył jedwabną sukienkę, opinającą krągłe, pełne piersi i biodra. Wyglądała kobieco, inaczej niż przez te wszystkie miesiące, gdy chodziła w starych dżinsach i koszuli.

– O, i sukienka. Nowa, prawda?

– Tak.

Zmieszana jego spojrzeniem, poczuła, że robi się jej gorąco, i zobaczyła, że Mark uśmiecha się ironicznie.

– Co to za pomysły, Sancha?

Z wypiekami na twarzy, odwróciła wzrok.

– Pozwól, że się domyślę sam. Kiedy otrzymałaś tamten list?

– Parę dni temu – przyznała. Nie była w stanie spojrzeć mu w oczy.

– Parę dni temu – powtórzył drwiąco. – I od razu pobiegłaś do fryzjera, kupiłaś sobie nowe ciuchy, postarałaś się wyglądać inaczej. Ciekawe, dlaczego to wszystko zrobiłaś? Chyba nie powiesz, że chciałaś mnie uwieść swoim czarem. O to ci chodziło?

– Nie! – zaprzeczyła spontanicznie, ale wiedziała, że nie mówi prawdy. Oboje o tym wiedzieli.

– Kłamczucha! – Sposób, w jaki się roześmiał, sprawił,

że nagle ogarnął ją straszliwy wstyd i pomyślała, że niepotrzebnie skorzystała z rady Zoe. Naraziła się tylko na śmiech i upokorzenie. – No, to proszę, bądź konsekwentna – zadrwił. – Jesteśmy sami, pokaż mi, jak bardzo mnie jeszcze chcesz.

– Przestań! – mruknęła, odwracając głowę, by ukryć gorący rumieniec i błyszczące od łez oczy. W tej chwili prawie go nienawidziła. Miała dosyć drwin. Nie patrząc na niego, wybiegła z pokoju i popędziła schodami na górę. Chciała zamknąć się w sypialni, lecz nim zdążyła to zrobić, Mark ją dogonił i naparł na drzwi, starając się je otworzyć.

Bała się, że hałas obudzi dzieci, więc ustąpiła.

– Zostaw mnie – szepnęła przerażona i straszliwie zdenerwowana. – Nie zniosę już więcej. Daj mi spokój!

– O, nie. Tej nocy już ci się to nie uda – powiedział i nagle poczuła, że ze strachu tężeje w niej krew, a usta robią się suche z pożądania. Nie chciała odczuwać czegoś takiego. Nie teraz, gdy był związany z inną. Sama myśl o zbliżeniu z nim była nie do zniesienia. Dopóki ten romans się nie skończy, nie mogłaby go nawet dotknąć.

Wszystko jedno, co sobie myślał, nie próbowała go uwieść dzisiejszej nocy. Czuła się zbyt przybita. Świadomość, że mąż ma romans, jest czymś druzgoczącym. Obejrzała się w lustrze i uświadomiła sobie, jak teraz wygląda. To prawda, zmieniła się – nowa fryzura, elegancka sukienka – ale nie tylko po to, żeby podobać się Markowi. Chciała zrobić też coś dla samej siebie.

Patrzyła na niego zrozpaczona. Jakże nienawidziła tego cynizmu, który czaił się w jego szarych, błyszczących teraz oczach. Mówił otwarcie, że przestała być tą dziewczyną, którą kiedyś poślubił. Zgoda. On też nie był już taki jak wtedy. Tamten Mark nigdy nie potraktowałby jej w taki sposób.

– Proszę cię, Mark, odejdź. Może tobie się to wydaje dowcipne, ale mnie nie.

– Ja nie żartuję – powiedział, zdejmując krawat.

Poczuła w skroniach pulsowanie krwi.

– Chyba nie sądzisz, że będę z tobą spała, kiedy masz romans z inną kobietą... – Aż zachłysnęła się z gniewu. – Wynoś się stąd!

– Twoje łóżko czy moje? – wycedził, rozpinając guziki koszuli.

– Skończ z tym! Natychmiast! – krzyknęła, autentycznie przerażona.

Z koszulą rozpiętą na piersi usiadł na swoim łóżku i zaczął zdejmować buty. Robił to tak naturalnie, tak zwyczajnie. Zrozumiała, do czego to prowadzi. Nie żartował, miał zamiar zmusić ją do zbliżenia. Umarłaby chyba, gdyby to zrobił. To było coś, czego by mu nigdy nie darowała.

Podbiegła do drzwi, ale zerwał się i boso, nie czyniąc najmniejszego hałasu, dogonił ją i pociągnął w kierunku łóżka.

– Nie chcę! – krzyknęła z płaczem, szarpiąc się z nim. – Jak możesz! Zabieraj swoje łapy. Nie mam zamiaru dzielić się tobą z twoją kochanką!

Popchnął ją na łóżko i nagle poczuła na sobie jego ciężar. Znajomy, ukochany. Uwięziona pod nim, nie potrafiła już się bronić przed rozpierającym ją pożądaniem. Kiedy tak razem leżeli? Kiedy to było?

Ogarnęło ją podniecenie i nie umiała go w sobie zdusić. Pragnęła Marka. Nie potrafiła udawać przed sobą – ani chyba przed nim – że jest inaczej.

Musiała go jednak powstrzymać. Gdyby pozwoliła się ponieść fali tego gorącego rozpaczliwego pożądania, straciłaby dla siebie szacunek. Robił to wyłącznie po to, żeby ją poniżyć. Odwróciła głowę i napinając wszystkie mięśnie w rozpaczliwym oporze, krzyknęła:

– Zostaw mnie, Mark!

Chwycił jej twarz w dłonie i przytrzymał mocno na wprost siebie, tak że nie mogła poruszyć głową. Przez moment patrzyli na siebie. Rozszerzone, przestraszone oczy Sanchy były pociemniałe z gniewu, jego zaś nieodgadnione. Miała już powiedzieć, co o nim myśli, lecz zanim zdążyła wydobyć z siebie słowo, jego wargi gwałtownie zamknęły jej usta.

Boże, jak dawno, jak dawno się nie całowaliśmy, myślała, oddając pocałunek. Dlaczego wyrzekła się czegoś tak wspaniałego? Jak mogła być taką idiotką, żeby dopuścić do tego, by ktoś się między nich wdarł? Dlaczego nie uświadomiła sobie, że go traci?

Przez całe miesiące po urodzeniu Flory była zimna jak lód. Nie chciała, żeby ją w ogóle dotykał. O kochaniu się nie było nawet mowy. Żyła z dnia na dzień, od rana do wieczora zaabsorbowana jak automat zadaniami matki i pani domu. Nie odrywała się od nich ani na moment w obawie, że jeśli raz wyrwie się z tego rytmu, nie da rady do niego wrócić. Zapomniała o Marku, poskąpiła mu uwagi i czasu. Wykluczyła z ich życia seks, na który nie znajdowała w sobie ani ochoty, ani siły.

Ale teraz coś się przełamało. Jęknęła, kiedy oderwał ręce od jej twarzy i objął pierś. Jej ciało obudziło się. Nie mogła jednak tej nocy dopuścić do zbliżenia. Nie wolno jej było się poddać, dopóki sypiał z inną kobietą. Musiała to przerwać – teraz, już, zanim jej własne głupie ciało zdradzi ją ostatecznie. Wykręcając na bok głowę, odepchnęła Marka od siebie.

– Nie! – krzyknęła ze złością i o wiele za głośno, zapominając o śpiących dzieciach.

– Mamusiu, mamusiu…

Znieruchomiała, nasłuchując. To obudziła się śpiąca w pokoju obok Flora. Jej głosik brzmiał tak bezradnie. Znała to wołanie na pamięć – Florę często męczyły złe sny, sny, których nigdy nie potrafiła później opowiedzieć. Mogło je wywołać wszystko – jakaś bajka, coś, co zobaczyła w telewizji albo w ogrodzie. Panicznie bała się owadów. Ćmy, pająki, osy, chrząszcze. Na ich widok dostawała histerii. Obaj bracia uwielbiali ją straszyć. Podkraść się i wrzucić jej na sukienkę pająka albo kosmatą gąsienicę, a potem zaśmiewać się aż do rozpuku, gdy piszczała, wymachując rękami – toż to dopiero była frajda!

– Obudzi chłopców. Muszę do niej pójść – powiedziała.

– Pozwól mi wstać, Mark.

– Niech sobie woła! – sprzeciwił się ze złością. – Chociaż raz udawaj, że nie słyszysz. Rozpuściłaś tego dzieciaka jak dziadowski bicz. Wie, że wystarczy trochę głośniej wrzasnąć, żeby postawić na swoim.

– Nie mogę… Wiem, że nie mogę… Muszę do niej iść.

– Kiedy odepchnęła mocniej jego ramiona, przetoczył się na bok z pomrukiem wściekłości.

Wyśliznęła się z łóżka i wybiegła z pokoju.

Flora siedziała w łóżeczku. Światło księżyca oblewało jej zaczerwienioną od płaczu twarzyczkę.

– Mamusiu…

Wzięła ją na ręce i usiadła w fotelu, kołysząc w ramionach małą, ciepłą kruszynkę. Dziewczynka włożyła do buzi kciuk i westchnęła, rozprężając się w poczuciu bezpieczeństwa.

Nie pytała, co jej się śniło; to by tylko rozbudziło ją jeszcze bardziej. Zaczęła cichutko nucić kołysankę i wkrótce dziecko zaciążyło na jej rękach. Znowu zmorzył je sen. Parę minut później położyła ją z powrotem do łóżeczka, lekko przykryła i na palcach wyszła z pokoju.

W sypialni paliło się światło, ale Marka już nie było. Stanęła w drzwiach, rozglądając się wokół. Ubranie, które z siebie zdjął, zniknęło również. Postanowił zatem znowu spać w wolnym pokoju, czy też zszedł na dół? Nie mogła się zdecydować, co powinna zrobić. Po tym, co się między nimi stało, należało może poczekać do rana i dopiero wtedy porozmawiać. Gdyby teraz poszła za nim, uznałby to zapewne za zaproszenie, przyzwolenie. Jeśli jednak zdecydowałaby się odczekać do rana, to mógłby powtórzyć swój numer z wcześniejszym wyjściem, a musiała przeprowadzić z nim tę rozmowę. Musiała znać całą prawdę o jego romansie.

Ruszyła, żeby go poszukać, i nagle zamarła. Mark wyprowadzał samochód z garażu. Podbiegła do okna, lecz kiedy wyjrzała, zobaczyła tylne światła znikającego za bramą auta. Nagle ogarnęła ją słabość. Dokąd on się wybierał? Przecież dobrze to wiedziała. Do swojej kochanki. Po nieudanej próbie zmuszenia własnej żony do miłości, pojechał kochać się z tamtą. Jak mógł? Sancha poczuła, że robi się jej niedobrze. Zasłaniając ręką usta, wbiegła do łazienki i zwymiotowała. Potem wzięła prysznic i poszła do łóżka, wiedząc, że nie zaśnie, że nie da sobie rady z męczącą wizją Marka kochającego się z tamtą kobietą.

Tak nie wolno, myślała. Nie chcę sobie niczego wyobrażać, nie chcę o niczym wiedzieć. Jakże wstydziła się teraz swego pożądania! Nienawidziła Marka za to, że je w niej obudził, a potem odszedł do innej.

Być może Zoe miała słuszność. Być może było tylko jedno wyjście – zażądać rozwodu.

ROZDZIAŁ CZWARTY

Spała źle i wstała bardzo wcześnie. Wolny pokój był pusty, Marka ani śladu.

Flora spała jeszcze, leżąc na rękach i wypinając pupę do góry. Sancha zostawiła ją i weszła do chłopców. Kiedy odciągnęła zasłony, pokój zalało światło. Jak na ironię, zapowiadał się piękny, słoneczny dzień, choć do jej nastroju pasowałby raczej deszcz i zaniesione niebo. Gdyby jednak ten poranek był pochmurny, dzieci nie pojechałyby z Marthą na wycieczkę, a to by oznaczało dla niej kompletny brak czasu.

Odwróciła się od okna, słysząc, że chłopcy budzą się powoli, ziewając i niechętnie przeciągając się pod kołdrą. Charlie otworzył oczy i niemal od razu usiadł, potargany i zaróżowiony od snu.

– Zoo! Która godzina, mamusiu? Już jedziemy? Czy ciocia Martha już jest? Felix, obudź się! Jedziemy do zoo!

Wyskoczył z łóżka i pobiegł do łazienki, żeby tylko być pierwszy. Codziennie walczyli ze sobą o pierwszeństwo dosłownie we wszystkim. Byli jeszcze mali, ale już teraz bardzo męscy. Obserwując tę ich bezustanną rywalizację, Sancha myślała nieraz, że obdarzeni takimi instynktami radziliby sobie świetnie pośród jaskiniowców.

Felix obudził się wreszcie, usiadł i natychmiast zerwał się na nogi.

– Jedziemy do zoo, do zoo! – podśpiewywał, skacząc.

– Jestem kangurem, kangurem, kangurem.

– Ciszej – syknęła Sancha, przygotowując ubranie: bieliznę, skarpetki, dżinsy, koszule oraz lekkie sweterki na wypadek, gdyby po południu zrobiło się chłodniej. – Obudzisz swoją siostrę.

Niestety. Z pokoju Flory dobiegło wołanie:

– Wstać! Mama! Chcę wstać.

Całe łóżeczko trzęsło się i skrzypiało od podskoków.

Następne kwadranse przebiegły identycznie jak co dzień. Robiła to, co zawsze i tak samo automatycznie, nie dopuszczając do siebie żadnych zbędnych myśli. Chłopcy byli tak podnieceni, że nie dokończyli śniadania, ale Florze nic nie przeszkadzało w jedzeniu. Napychała sobie buzię płatkami, próbując jednocześnie jeść banana. Sancha starała się tego nie zauważać; tak było wygodniej.

Właśnie sprzątała ze stołu, kiedy przyszła Martha. Rozpromieniona i zaaferowana prawie tak samo jak dzieci, patrzyła, jak Sancha zapina im kurtki.

– Macie być grzeczni dla cioci Marthy – przykazała chłopcom.

– Oczywiście, mamusiu – odpowiedzieli zgodnym chórkiem.

– Grzeczna – kiwnęła głową Flora. – Grzeczna dla cioci.

Sancha przyniosła spacerówkę. Flora co prawda uwielbiała chodzić sama, gdzie się jej podobało, ale nigdzie daleko by nie zaszła. Martha wstawiła wózek na tył samochodu. Zabrała też kredki i trzy kolorowanki na wypadek, gdyby wszyscy zmęczyli się zwiedzaniem.

Sancha ucałowała synów, zapięła im samochodowe

szelki, a następnie włożyła Florę do fotelika i umocowała w samochodzie.

– Pa, pa, mamusiu. – Dziewczynka objęła ją z całych sił. – Pa.

Niechętnie oderwała się od niej. Żeby nawet nie wiem jak ją udręczała, nie potrafiłaby bez niej żyć.

– Bawcie się dobrze – powiedziała, zatrzaskując drzwi, lecz nagle Flora podniosła krzyk:

– Słoniczek, słoniczek… Chcę słonika! – wrzeszczała z płaczem.

Sancha jęknęła i pobiegła po zabawkę, którą mała upuściła na podłogę w kuchni.

– Dasz sobie radę z całą tą trójką? – Uśmiechnęła się porozumiewawczo do Marthy, podając słonia rozpromienionej córeczce.

– Ależ oczywiście! Aż do naszego powrotu w ogóle zapomnij o ich istnieniu.

– Naprawdę nie wiem, jak ci dziękować. Jeśli będą niemożliwi, przywieź ich wcześniej. Nie czuj się zobowiązana do opieki nad nimi przez cały dzień.

– Ależ, naprawdę… – Martha popatrzyła na nią tak szczerze, że musiała uwierzyć. – Nie powinnaś się martwić ani o mnie, ani w ogóle o nas. To będzie cudowna wycieczka… Zrozum, twoje dzieci są mi bardzo bliskie. Zawsze lubiłam się nimi zajmować.

– Wariatka z ciebie, ale stokrotne dzięki. Pa.

Samochód ruszył. Sancha pomachała na pożegnanie, a kiedy zniknął z pola widzenia, wróciła do domu, postanawiając, że zamiast szybkiego prysznica zrobi sobie długą kąpiel.

Dom był pusty i nienaturalnie cichy. Leżała w ciepłej,

pachnącej wodzie, starając się nie myśleć o Marku, i uko-
jona ciepłem oraz cudownym poczuciem swobody, prawie
w niej usnęła, aż odczuła chłód. Woda stygła już, należało
wytrzeć się i ubrać. Postanowiła włożyć popielatą plisowaną spódnicę, którą ostatnimi czasy nosiła bardzo rzadko ze
względu na Florę. Kupiła ją sobie za ciężkie pieniądze
z okazji jakiegoś wesela w rodzinie. Co prawda było to
cztery lata temu, ale nadal wyglądała w niej elegancko,
choć z trudem dopięła zameczek. Przez ostatnie lata niewiele utyła, bo nie jadła dużo, a przy trójce dzieci trzeba
było się nieźle nagimnastykować, ale nie miała już swojej
dawnej chłopięcej sylwetki. Jej ciało straciło elastyczność.
Może jedynie piersi – dawniej małe i strome, dziś pełne
i zaokrąglone – mogły się podobać. Zauważyła, że jedwab-
na bluzka układa się na nich miękko i pasuje do ciemno-
rudych włosów. Wyglądała ładnie.

Chwilowe dobre samopoczucie skończyło się, gdy
w kuchni spojrzała na zegarek. Było po dziesiątej. Gdzie
się podziewał Mark? Jak to gdzie? Przecież wiedziała.
Podeszła do telefonu i wyciągnęła rękę. Zadzwonić i poprosić Marka? Wystarczyło jedynie wykręcić numer tej
blondynki. Ale nie, nie można się tak poniżać. Nie da im
obojgu satysfakcji.

A może jednak należałoby podjechać pod ten elegancki
blok przy Alamo Street i sprawdzić, czy na parkingu stoi
samochód Marka? Poczuła nagle, że przebiega ją dreszcz.
A co będzie, jeśli Mark akurat wyjrzy przez okno? To
byłoby jeszcze bardziej upokarzające. Nie mogła znieść
myśli o tym, że mógłby ją obserwować z okna mieszkania
swojej kochanki, może nawet wspólnie z nią. Mieliby niezły ubaw. Tyle że zapewne leżeli jeszcze w łóżku. Mark

lubił zawsze wylegiwać się do późna w weekendy. Nim przyszły na świat dzieci, był to ich ulubiony czas. Całymi godzinami cieszyli się wtedy sobą.

Mocno zacisnęła powieki. Jak on mógł? Dlaczego? Do tej pory nigdy nie była zazdrosna. Nie była zazdrosna z natury. Nigdy nie zżerały jej podejrzenia, a teraz uczucie zazdrości męczyło ją i w dzień, i w nocy.

Żeby czymś się zająć, zaczęła sprzątać parter. Pościeliła już łóżka i zdążyła zrobić porządek na górze. O wpół do jedenastej zaparzyła sobie mocną kawę i usiadła w kuchni. Zatopiona w myślach, nie usłyszała podjeżdżającego samochodu. Dopiero gdy doszedł do niej chrobot przekręcanego w drzwiach klucza, zorientowała się, że Mark wrócił. Przez moment nie była w stanie oddychać. Czuła się trochę jak wówczas, gdy dopiero co go poznała i zakochała się bez pamięci. Wstydziła się wtedy patrzeć mu w oczy, myliły się jej słowa. Kiedy przychodził, było tak, jakby wokół rozpryskiwała się kolorowa tęcza. To był cudowny, magiczny czas, jednakże dziś nie pozostało z tamtych wrażeń już nic.

Słuchając jego kroków w holu, wbiła wzrok w kawę, zmuszając się do zachowania spokoju. Drzwi kuchni otworzyły się. Czuła, że się jej przygląda. Miała na końcu języka tysiące gniewnych słów, lecz nie odważyła się odezwać, żeby nie wybuchnąć płaczem. Cisza ciągnęła się bezlitośnie. W końcu ją przerwał.

– Musimy porozmawiać – powiedział niskim, szorstkim tonem. – Gdzie są dzieci?

Zaczerpnęła powietrza.

– Martha zabrała je na całodzienną wycieczkę – powiedziała dosyć spokojnie. – Pojechali do zoo.

Uśmiechnął się sarkastycznie.

– Doskonale. To był jej pomysł, czy twój? Zwierzyłaś się jej, prawda? Opowiedziałaś, jaki to ze mnie drań. Nie życzę sobie tego, Sancha. Nie życzę sobie, żebyś oplotkowywała mnie przed sąsiadkami. Swojej siostrze też pewnie już wypaplałaś wszystko? Spodziewam się, co ci powiedziała. Nigdy mnie specjalnie nie lubiła.

Podszedł do niej ze złością i nagle straciła głowę. Zerwała się z krzesła i cofnęła tak szybko, że poślizgnęła się na kamiennej posadzce, którą dopiero co umyła. Straciła równowagę, lecz nie upadła, gdyż błyskawicznie ją podtrzymał. Dopiero wtedy poczuła, że coś dzieje się z jej sercem, i zakręciło się jej w głowie.

– Nie – szepnęła. Kolana uginały się pod nią, reagowała jak pensjonarka. Nie do wiary. Jak matka trojga dzieci może robić z siebie taką idiotkę. Przecież to był jej mąż!

– Chyba mi tu nie zamierzasz zemdleć, co? – zapytał, patrząc na nią z tak bliska, że słyszała jego oddech i czuła bijące od niego ciepło. – Jadłaś śniadanie?

– Nie jestem głodna – wyszeptała, ogłuszona dziwnym szumem w uszach. – Piłam z dziećmi sok pomarańczowy, a teraz kawę.

– Jak tak można? – wybuchnął. – Gdzie ty masz rozum? A czy któremuś z dzieci pozwoliłabyś chodzić do tej pory bez śniadania?

Mówił z taką złością, że nie mogło mu chodzić o jej zdrowie. Znała go zbyt dobrze, żeby nie domyślać się, w czym rzecz. Zamierzał odejść, ale nie z poczuciem winy. Najchętniej w ogóle by się nad nią nie zastanawiał.

– Czuję się dobrze – powiedziała z uporem, nie patrząc na niego. Nie chciała, żeby w jej oczach wyczytał rozpacz.

– Wcale nie. Wyglądasz na chorą. Jesteś taka blada...
– Pociągnął palcem po jej policzku i dotknięcie to natychmiast przywróciło jej kolory. Podniósł brwi, przyglądał się jej przez moment, po czym zauważył sucho: – Byłaś. Teraz dla odmiany zrobiłaś się czerwona.

Zdenerwowana tym, że nad sobą nie panuje, szarpnęła się mocniej w jego objęciu. Opuścił ręce.

– Chcesz kawy? – zapytała, żeby zatuszować zmieszanie.

– Proszę. – Usiadł.

Krzątając się po kuchni, była świadoma, że przez cały czas ją obserwuje. Poczuła jego wzrok na swoich włosach, przodzie bluzki, układającej się miękko na piersiach, spoglądał na jej biodra opięte plisowaną spódnicą.

Kiedy postawiła przed nim filiżankę, popatrzył jej w twarz.

– Czy ten strój też jest nowy? Co to ma znaczyć? Rozhulałaś się nieco, nie uważasz? Mogę wiedzieć, ile mnie to będzie kosztowało?

– Mam te ciuchy od czterech lat! – Czy nawet nie zauważył, że nie miała okazji ich włożyć? Jak mógł zapomnieć tę spódnicę? Przecież wtedy, na weselu, mówił, że bardzo mu się podoba.

– To dlaczego nigdy ich nie nosiłaś, tylko wiecznie te dżinsy i dżinsy?

– Dżinsy są praktyczne. Szczególnie zimą. Są cieplejsze od spódnic, a jak się zabrudzą, to nic prostszego jak wrzucić je do automatu. A ta spódnica jest taka jasna, że znać na niej każdy najmniejszy ślad. Trzeba by ją ciągle oddawać do pralni, a to dużo kosztuje.

Z tej rozmowy nie wynikało nic oprócz napięcia. Aż dziwne, jak trudno im było ze sobą rozmawiać. Dzieliła ich taka przepaść, że Sanchy aż kręciło się w głowie na myśl o tym, że ma zajrzeć w jej głąb.

– Dobrze ci w niej – powiedział z błyskiem w oczach.

– Zapomniałem już, jakie masz wspaniałe nogi.

Poczuła, że się czerwieni. Mówił to, co myślał, czy też jedynie próbował zwieść ją komplementami? Rzecz w tym, że bardzo chciałaby uwierzyć w jego szczerość, ale czy mogła? Musiała zachować czujność i nie poddać się ani zmysłom, ani temu, czego pragnęło jej serce.

– Ale ja nie zapomniałam, że nie wróciłeś na noc do domu – odburknęła podminowanym zazdrością głosem. – Gdzie się podziewałeś? Po co ja w ogóle pytam?! Przecież wiem, że pojechałeś do niej. Och, nie kłam, to takie oczywiste. Spędziłeś z nią noc, a mimo to uważasz, że możesz sobie przyjść, kiedy ci się podoba…

– Nieprawda!

Przerwał jej tak gwałtownie, że aż się przestraszyła. Przez chwilę mierzyli się wzrokiem. Zauważyła, że drga mu kącik ust. Był to znak, że Mark jest bardzo wzburzony. Tik ten pojawiał się bowiem wyłącznie w chwilach napięcia – w okresie przeciążenia pracą i zdenerwowania.

– Nie spędziłem tej nocy z Jacqui ani z nikim innym. Spałem w podmiejskim motelu. Pojechałem tam prosto stąd. Sprawdź, jeśli chcesz. Zadzwoń i spytaj albo pojedź i osobiście podpytaj pokojówki. W wynajętym przeze mnie pokoju były dwa pojedyncze łóżka. Zajmowałem tylko jedno i wierz mi, było bardzo wąskie. Dwoje by się nie zmieściło!

Nie miała wątpliwości, że mówił prawdę. Bezwiednie odetchnęła z ulgą. Usłyszał to, ściągnął znowu brwi i tym samym szorstkim i gniewnym tonem powiedział:

– Tak dalej być nie może, Sancho.

Poczuła, że kurczy się jej żołądek. Czy zamierzał wystąpić o rozwód? Jeszcze niedawno, parę godzin temu, zdecydowana była go o to poprosić, ale teraz była przerażona myślą, że usłyszy tę propozycję z jego ust. Dlaczego nie potrafiła pogodzić się z takim rozwiązaniem? Dlaczego bezustannie zmieniała decyzje? Decyzje? – zadrwiła z siebie. Nie była w stanie podejmować decyzji. Była roztrzęsioną idiotką, kimś pozbawionym rozumu. Podniosła wzrok. Mark wpatrywał się w nią z zaciętym wyrazem twarzy.

– Mamy coś postanowić, Mark. Zdecydować, co z nami będzie. Dobrze, ale przedtem chcę znać całą prawdę o tobie i Jacqui Farrar. Masz z nią romans, czy nie? I jak długo to się jeszcze będzie ciągnąć?

Żachnął się i nerwowo przeszedł przez kuchnię.

– Nic się, jak to nazywasz, nie ciągnie – wymruczał, odwrócony plecami. – Nie mam z nią żadnego romansu. To w ogóle nie tak…

– Nie tak? – powtórzyła ze złością. – A jak?

– Zależy, co rozumiesz przez romans. Jeśli spanie z kimś, to nie. Nie sypiam z nią, jeśli o to chodzi.

Tak bardzo chciała mu wierzyć, że musiała przygryźć wargę, żeby nie wybuchnąć łkaniem.

– Rzecz w tym, że to tobie o coś chodzi, a nie mnie – powiedziała drżącym głosem. – Jeśli z nią nie sypiasz, to co się dzieje? Bo coś jest nie tak. Gdybyś był w porządku, inaczej zareagowałbyś na ten anonim. Czujesz się w jakiś sposób winny. Ślepy by to zauważył.

Odetchnął ciężko.

– Widzisz, my, to znaczy ja… Ona jest taka… Och, Boże, to tak trudno ująć w słowa…

– Spróbuj powiedzieć prawdę – ponagliła go z gniewem. – Masz zrobić tylko jedno: powiedzieć mi prawdę. To nie takie trudne.

– A jednak. Bo nie chodzi o fakty, ale o uczucia, a tych nie da się tak prosto określić.

– Uczucia twoje, czy jej? – zapytała z urazą i zazdrością. Czy chciał powiedzieć, że się zakochał?

– I moje, i jej – przyznał, odwracając wzrok.

Wciągnęła powietrze do płuc.

– W porządku – powiedziała po chwili i spokój tego stwierdzenia aż ją samą zdziwił. – Zacznijmy więc od ciebie. Zakochałeś się?

Nie odpowiedział od razu i z każdą sekundą czuła narastającą rozpacz. Zaraz powie, że tak. Miał zamiar to przyznać. Wiedziała, że tak jest, ale nie potrafiłaby znieść potwierdzenia z jego ust. Westchnął ciężko.

– Myślę, że mógłbym…

Mógłby? To znaczy, że…

– Myślę, że prawie się zakochałem…

Zakochał się, ale nie chciał mówić o tym tak otwarcie? Igrał z nią jak kot z myszką.

– Zdecyduj się wreszcie! – wybuchnęła. – Co to znaczy: prawie. Jesteś zakochany, czy nie? Na miłość boską, mów!

Widziała, jak ciemnieją mu oczy.

– Powiedziałem ci już… niełatwo jest mówić o uczuciach. To wszystko nastąpiło nie od razu. Miałem w pracy ciągłe stresy, potrzebowałem z kimś porozmawiać. Ty nigdy nie miałaś dla mnie czasu, a Jacqui… Wysłuchiwała mnie, wspierała, okazywała współczucie. To bardzo sympatyczna dziewczyna!

I zakochana w tobie po uszy, pomyślała Sancha. Oczywiście. Wszystko, co mówił, na to wskazywało. Jacqui Farrar była nie tylko dobrą asystentką. Ich znajomość przekroczyła służbowe ramy. Ktoś, kto przysłał ten anonim, musiał to zauważyć, bo inaczej, po co by go pisał? Uczucia Jacqui musiały być czytelne dla wszystkich, nawet jeśli Mark zaprzeczał. Być może nawet opowiadała o tym swoim znajomym, dając do zrozumienia, że uczucie jest odwzajemnione.

– Ale nigdy nie poszliśmy ze sobą do łóżka – dodał martwym głosem.

Sancha poszukała wzrokiem jego oczu. Tak. Mówił prawdę. Te oczy nie potrafiły kłamać.

– Chociaż raz prawie do tego doszło.

Widząc, że zmieniła się na twarzy, dodał, gwałtownie gestykulując:

– No, a czego ty właściwie oczekujesz? Nie śpimy ze sobą od miesięcy. Od miesięcy! Jestem tylko człowiekiem. Może ty potrafisz żyć jak zakonnica, ale ja raczej nie czuję zakonnego powołania.

– Co cię zatem powstrzymało? – zapytała, owładnięta znów zazdrością i podsuwanymi przez wyobraźnię obrazami.

– Chyba to, że nie byłem jeszcze gotów zrezygnować z naszego małżeństwa. Chciałem się z nią kochać, przyznaję. Ale powstrzymałem się w ostatniej chwili. Jakoś… – zaczerpnął powietrza – po prostu nie mogłem.

Miał poczucie winy, pomyślała, czy też nie był pewien swoich uczuć względem tej małej? Powiedział, że nie był gotów zrezygnować z małżeństwa. Dlaczego? Czyżby miał dla niej jakieś resztki uczucia? Bała się mieć nadzieję, lecz gdzieś tam w głębi duszy jeszcze się tlił płomyk nadziei.

– A co z nią? Jak przyjęła taki obrót rzeczy?

Zmarszczka na czole Marka poszerzyła się aż do skroni.

– Nie będziemy rozmawiać o uczuciach Jacqui, Sancho. Mogę jedynie mówić o moich własnych. Powiedziałem ci już… to miła dziewczyna. Nie obwiniaj jej. Wszystko zależało ode mnie.

– Nie sądzę. Jeśli prawie ze sobą spaliście, to musiała tego chcieć. Nie mów mi, że nie jest w tobie zakochana. W przeciwnym razie nigdy by ci nie pozwoliła posunąć się aż tak daleko…

– Nie powinienem mówić z tobą o niej. – Zerknął w bok zażenowany. – To nie fair. Jak ty czułabyś się na jej miejscu, no, pomyśl sama.

– Ja? Ja nigdy nie pozwoliłabym sobie na związek z żonatym mężczyzną, i to ojcem trójki małych dzieci… Kiedy to się stało? – zapytała cichym głosem.

– Na miłość boską, Sancha. Powiedziałem ci całą prawdę. Czy nie moglibyśmy wreszcie skończyć tego przesłuchania? Co dobrego może wyniknąć z roztrząsania szczegółów?

– Muszę to wiedzieć. Czy do tego niespełnionego zbliżenia doszło w ostatnich dniach?

Znowu spąsowiał na twarzy.

– Tak. Jeśli już musisz wiedzieć, to przed kilkoma dniami.

– A dokładnie? W dniu, kiedy przyszedł ten anonim? Kiedy okłamałeś mnie, mówiąc, że masz służbową kolację, a naprawdę pojechałeś do niej?

Spojrzał na nią ostro.

– Do czego zmierzasz? Myślisz, że to Jacqui wysłała ci ten list? Niemożliwe!

– Sądzisz? Zastanawiam się. Przemyśl to, Mark! Postanowiła zaciągnąć cię do łóżka i chciała, żebym przyjechała do jej domu i nakryła was na gorącym uczynku.

Być może rzeczywiście uważał Jacqui za słodką, niewinną blondyneczkę, ale ona miała na ten temat absolutnie odmienne zdanie. Kobiety potrafią manipulować mężczyzną tak, że sam nie wie, co go czeka. Mark był inteligentny i w męskiej rywalizacji radził sobie świetnie, ale kobieta mogła go zwieść grą pozorów.

– Jacqui nie mogłaby zrobić czegoś podobnego! Nie jest wyrachowana. Żadne z nas nie zmierzało do tego związku celowo. Tak się po prostu stopniowo ułożyło...

Mógł sobie w to wierzyć, ale ona nie. Ktoś kiedyś powiedział, że nie ma czegoś takiego jak przypadek. Nic nie dzieje się bez przyczyny. Nie składała całej winy na Jacqui Farrar. Po rozmowie z Markiem musiała przyznać, że odpowiedzialność za to, co się stało, spada również na nią samą. Poświęciła się dzieciom do tego stopnia, że zapomniała o nim. Traktowała go jak mebel. Jednakże Jacqui Farrar wykorzystała tę sytuację. Zadomowiła się w życiu Marka i uświadomiła mu, jak bardzo on potrzebuje kobiecej uwagi. Nie był flirciarzem i nie szukał przygód. Chciał jednakże czuć się kochany, mieć świadomość, że ktoś się o niego troszczy, że chętnie go wysłucha. Powinien to wszystko znaleźć w domu, u niej, a nie szukać po cudzych kątach.

– Czy moglibyśmy już dać sobie spokój z Jacqui? – powiedział niecierpliwie.

Sancha pokręciła głową.

– Jak ty to sobie wyobrażasz? Pracujecie razem, będziecie się codziennie widywać… Założę się, że się nie odczepi. Mam udawać, że jestem ślepa?

– Nie o to chodzi, Sancho – powiedział z pociemniałymi oczami. – Problem stanowi nie Jacqui, ale my, nasze małżeństwo i to, co z nim zrobimy.

– A co ty byś chciał? – Ze ściśniętym gardłem czekała, aż wypowie prośbę o rozwód. Jeśli tak się stanie, odmówi. Nie da mu rozwodu, nie pozwoli, żeby odszedł. Należał wyłącznie do niej.

Popatrzył na nią tak, jakby chciał ją uderzyć.

– Zostawiasz mi decyzję, tak? To znaczy, że jest ci wszystko jedno? Nie obchodzi cię, czy zostanę z wami, czy odejdę?

– Ja tego nie powiedziałam! – krzyknęła, porażona strachem. – Nie wypowiadaj się za mnie! Zapytałam jedynie, co chcesz zrobić. Nie wykręcaj kota ogonem. Zadałam proste pytanie i o taką odpowiedź cię proszę!

– Nie krzycz na mnie, dobrze?! – Jego twarz wykrzywiła wściekłość. – Chcesz za wszystko obwinić Jacqui, ale wiedz, że jeśli cię prawie zdradziłem, to stało się tak z twojej winy, ponieważ od kiedy na świecie jest Flora, przestałem się dla ciebie liczyć. A teraz spychasz na mnie całą odpowiedzialność za nasze małżeństwo, chociaż w równej mierze od ciebie zależą jego losy. Zapytałaś, co chcę zrobić, pozwól więc, że spytam cię o to samo. Co twoim zdaniem powinno się stać? Nie mogę tak dalej żyć, to koszmar. Zastanów się. Chcesz rozwodu?

ROZDZIAŁ PIĄTY

Sanchą zatrzęsło.

– Nie, oczywiście, że nie – wyszeptała z opuszczoną głową.

Czy naprawdę uważał, że miała dość małżeństwa? Jeśli sądził, że chciała rozwodu, znaczyło to, że przepaść między nimi była jeszcze większa, niż to sobie wyobrażała. Jakby jej w ogóle nie znał. No tak, ale czy sama dobrze go znała? Czy przyszłoby jej kiedykolwiek do głowy, że mógłby się związać z inną? Czego jeszcze o nim nie wiedziała? Byli małżeństwem, a zachowywali się jak obcy. Na przestrzeni ostatnich dwóch lat żyli właściwie osobno i nawet tego nie dostrzegła. Odkrycie to było tak deprymujące, że nie potrafiła myśleć logicznie.

Nagle Mark poruszył się i aż drgnęła, kiedy znalazł się tuż przed nią. Unosząc palcem jej brodę, zmusił ją, by podniosła głowę. Popatrzyła na niego smutnymi, wystraszonymi oczami. Wolałaby, żeby ten obcy człowiek, który był jej mężem, nie patrzył na nią tak badawczo. Nie życzyła sobie, by widział, jak cierpi.

– Nie chcę – powiedziała, usiłując odwrócić głowę.

– Czego ty nie chcesz, Sancha? – wycedził, wpatrzony w jej drżące usta. – No, czego? Mam cię nie dotykać? Nie zbliżać się do ciebie? Powtarzasz mi to od tak dawna. Mam już dosyć tego ciągłego mówienia, żebym poszedł precz.

– Nigdy tak nie powiedziałam!

– Nie chodzi o słowa. Mówisz mi to ciągle na dziesiątki sposobów. Twoje ciało mi to mówi, ilekroć się do ciebie zbliżam. Teraz też.

– Nie. Tak ci się tylko wydaje.

– Naprawdę?

Powiódł palcem po jej wargach. Zadrżała, chcąc uchylić głowę, ale zwalczyła w sobie to pragnienie. Mógłby to uznać za dowód, że jego oskarżenia mają podstawy. Być może rzeczywiście było w nich coś z prawdy. Lękała się być blisko, lękała się jego dotknięć. Dlaczego? Kiedy się to zaczęło?

Kochała go, pragnęła, ale i nie chciała, żeby ją dotykał. Miał rację.

– Nie zrozumieliśmy się – powiedziała, a widząc, że Mark uśmiecha się drwiąco, zmieszała się jeszcze bardziej.

– No to powiedz: Chcę, żebyś mnie dotknął.

Nie była w stanie wydusić z siebie nawet słowa, rozdarta między rozpaczliwym pragnieniem bliskości a świadomością, że być może jest obiektem drwin. Parę dni temu nieomal znalazł się w łóżku innej kobiety. Nie chciała z nim być, aż odzyska całkowitą pewność, że należy tylko i wyłącznie do niej. Ciałem, ale i duszą. Potrzebowała czasu, by poznać na nowo tego człowieka, który kiedyś był jej ukochanym, a obecnie kimś, kogo chyba wcale nie znała.

– Nic nie mówisz? – wymruczał, trzymając jej wzrok na uwięzi, jakby chciał przeniknąć najskrytsze myśli.

Odwróciła oczy z uczuciem paniki.

– Denerwujesz mnie... onieśmielasz... – Chciała opisać mu swoje odczucia, wyjaśnić, że czuje się tak, jakby go nie znała, ale nie potrafiła znaleźć odpowiednich słów.

– Onieśmielam? – Wolno przesunął rękę i kiedy dotknął lekko palcami jej piersi i objął ją pieszczotliwie, znieruchomiała zszokowana.

– Nie jestem w stanie... Powiedziałeś, Mark... Musimy porozmawiać... – Poruszyła się nerwowo, czując, że drażni kciukiem brodawkę. Zrobiło się jej gorąco i duszno.

– Właśnie rozmawiamy – wymruczał, dotykając wargami jej szyi i obojczyka, a później odgarnął materiał bluzki. Jego usta powędrowały po gładkim dekolcie i zatrzymały się między piersiami.

W jęku, jaki z siebie wydała, brzmiał sprzeciw, ale i rozkosz. Próbowała wydostać się z uścisku, walcząc z pożądaniem, ale nie pozwolił jej na to. Odchylona do tyłu i przytrzymywana jego ramieniem niemal straciła równowagę. Rozpiął guziki jej bluzki, a chwilę później miał ją już przed sobą całą nagą.

Sancha płonęła. Wrażenie jego pocałunków i pieszczot było tak silne, że aż bolesne. Przywarła do niego z zamkniętymi oczami i uczuciem, że zaraz zemdleje, ale to nie było to – nie mdlała, ale tonęła. Tonęła w jego oczach, w pokusie, jaką niosły ręce i usta Marka. Pieścił ją z tą samą namiętnością i ogniem, jakie zapamiętała z początków ich związku.

Dlaczego dopuściła do tego, by ten cud miłosnego uniesienia zagubił się gdzieś? Co takiego się z nią stało, że pozwoliła sobie zapomnieć, jak upojnie jest w jego ramionach?

Gorące wargi Marka przesunęły się znów na jej szyję, a zaraz potem spadły na usta. Oddała pocałunek, czując, że słabnie i osuwa się, podtrzymywana jego ramieniem. Dopiero kiedy poczuła pod plecami chłodne kafle podłogi, zrozumiała, co się dzieje. Krzyknęła i szeroko rozwartymi oczami spojrzała Markowi w twarz.

– Nie! – Wymknęła się spod niego, nim zdążył zareagować. Przez moment leżał twarzą do podłogi, oddychając głośno, po czym podniósł się i z błyskiem oczu w poczerwieniałej twarzy spojrzał na nią.

– Na miłość boską, Sancho, nie odsuwaj się teraz. Chcesz tego, ja też, oboje tego potrzebujemy... sama wiesz, jak bardzo. – Wyciągnął do niej ręce. Drżały lekko. – Widzisz? To dlatego, że straszliwie cię pragnę.

– Tak jak jej wtedy? – zapytała gorzko i z jękiem zamknęła oczy, odwracając głowę.

– Och, nie, tylko nie to! Czy musimy znowu do tego wracać? Zapomnij o Jacqui!

– Nie potrafię. A ty potrafisz? Pracując z nią, widując co dzień... Czy ona pogodzi się z tym, że wasz romans się skończył?

– Nie było nigdy żadnego romansu. Owszem, przyznaję, trochę się w sobie zadurzyliśmy, ale to jeszcze nie romans. Parę razy gdzieś tam poszliśmy, i to wszystko.

– Wszystko? – Była tak wściekła, że aż dygotała ze zdenerwowania. – A co robiliście na tych randkach? Całowaliście się? Trzymaliście za ręce? Dotykaliście się nawzajem?

Patrzył na nią z nieodgadnionym wyrazem twarzy, przymrużonymi oczami i zaciśniętymi ustami. Niczemu nie zaprzeczał. Uparte milczenie mogło oznaczać tylko jedno.

– I twoim zdaniem to nie jest romans? – Sancha dławiła się z zazdrości.

– Nie spaliśmy ze sobą.

– Aha. Czyli że dla ciebie miłość równa się łóżko, czy

tak? Jakie to typowo męskie! – Popatrzyła na niego zniecierpliwiona. – Mark! Przecież musiałeś mieć dla niej jakieś uczucie. A ona dla ciebie.

Usiadł przy stole i pochylił głowę, wpatrując się tępo w pustą filiżankę. Obserwowała go, zapinając bluzkę trzęsącymi się palcami.

– Pomówię z nią, wyjaśnię wszystko – powiedział po dłuższej chwili.

– Powiedz, że nie możecie dalej razem pracować. To byłoby niedobre i dla niej, i dla mnie. Zawsze już będzie stanowić zagrożenie dla naszego małżeństwa.

– Miałbym ją zwolnić?! Jak ty to sobie wyobrażasz? Mogę jedynie zapytać, czy nie zgodziłaby się pracować w innym dziale na równorzędnym stanowisku.

– W tym samym budynku i tak będziecie się stale widywać!

– Pomówię z nią – powtórzył i wstał. – Może zechce się przenieść, ale zwolnić jej nie mogę. – Spojrzał na zegarek. – Najlepiej będzie, jeśli załatwię tę sprawę od razu. Nie uspokoisz się, dopóki jej nie powiem, że wszystko skończone.

Sancha poczuła, że zaczyna się strasznie bać. Nie wierzyła, że ta kobieta pozwoli się łatwo odtrącić. Jacqui Farrar podejmie walkę, była o tym głęboko przekonana. Na jej miejscu też by walczyła o Marka. A on był w tej chwili tak napięty i sfrustrowany, że mógł bardzo łatwo ulec pokusie.

– Pojedziemy tam oboje – powiedziała impulsywnie, ale Mark aż się zatrząsł.

– Chyba żartujesz! – obruszył się ze złością. – Mam wyjść na durnia, któremu żona postawiła ultimatum i przyjechała się upewnić, czy zrobiłem to, co mi kazała? – Na policzki wystąpiły mu czerwone plamy. – Chcesz mnie upokorzyć, żebym nie miał już szacunku dla samego siebie? O to ci chodzi, Sancho?

– Ależ nie! – krzyknęła urażona, z wypiekami na twarzy. – Po prostu boję się o to, co się stanie, jeśli zobaczycie się bez świadków.

– Musisz mi zaufać. Bo nie ufasz, prawda?

– Tobie… nie wiem, ale jej na pewno nie! Jeśli cię kocha, to nie będzie biernie stała i słuchała. Posprzeczacie się, będzie próbowała zmienić twoją decyzję.

– Nie znasz jej. Inaczej nie mówiłabyś takich rzeczy. Jacqui nie jest jakąś tam nachalną panienką. To…

– …to bardzo sympatyczna dziewczyna – uzupełniła z wściekłością. – Wiem. Już to mówiłeś. Myślę jednak, że niewiele wiesz o kobietach. Zapewniam cię, że ta „sympatyczna dziewczyna" będzie walczyć o ciebie wszelkimi sposobami.

Pokręcił głową.

– Nigdy bym nie uwierzył, że potrafisz być taka cyniczna, Sancho. Nie znasz jej, ale ja znam. Potraktowałem ją źle… nie powinienem był nigdy umawiać się z nią poza pracą.

– Naturalnie, że nie powinieneś – przytaknęła ze złością. – A jeżeli jestem cyniczna, to może mi powiesz, dzięki czemu i przez kogo!

– Nie zaczynajmy znowu kłótni o to, co było pierwsze: jajo czy kura. Powtórzę jedynie to, co już ci powiedziałem. Jeśli w ogóle miałem ochotę na skok w bok, to dlatego, że nic cię nie obchodziłem. No, to jadę.

Kiedy ruszył do drzwi, pobiegła za nim, zdjęta nagłym lękiem.

– Mark, proszę cię, nie jedź do niej. Nie doprowadzaj do rozmowy sam na sam. Odczekaj do poniedziałku, zobaczycie się w pracy i wtedy powiesz jej...

– Nie mogę sobie pozwolić na taką rozmowę w firmie – powiedział już w progu. – Chyba to rozumiesz? Posłuchaj, to nie potrwa długo. Wrócę najszybciej, jak będę mógł. A może... skoro nie ma dzieci... wybralibyśmy się dokądś razem na lunch? Dawno już nie byliśmy w „Dębinie", zadzwoń tam i zarezerwuj stolik na pierwszą. Zdążę wrócić i pojedziemy samochodem.

Zamknął drzwi. Przez dłuższą chwilę stała nieruchomo, nasłuchując. Samochód wyjechał z posesji. Spojrzała na zegar. Była jedenasta trzydzieści. Czyli że Mark spędził w domu godzinę. Przeminęła nie wiadomo kiedy – dopiero teraz, aż do jego powrotu, czas będzie się ciągnął jak guma. Podeszła do telefonu i zadzwoniła do restauracji „Dębina". Był to stary pub na przedmieściu, kiedyś oboje bardzo lubili tam wpadać. Telefon odebrał ktoś, kogo głosu nie rozpoznała.

– Jules? – zapytała niepewnie, słysząc francuski akcent.

– Przykro mi, ale Jules nie pracuje tu już od sześciu miesięcy – odpowiedział mężczyzna. Mówił dobrze po angielsku, jedynie silny akcent zdradzał pochodzenie. – Jestem nowym kierownikiem. Pierre, witam panią.

– Och, dzień dobry. Dzwonię, żeby zarezerwować stolik na dwie osoby, dziś na pierwszą.

– Chwileczkę... Tak, przyjąłem rezerwację. Pani godność?

– Crofton.

W słuchawce zapanowała cisza.

– Ach, to pani – powiedział z uśmiechem kierownik.
– Przepraszam, nie poznałem. Z największą przyjemnością ugościmy znów panią i męża. Dam państwu ten sam stolik, co w ubiegłym tygodniu.

Sancha bez słowa odłożyła słuchawkę. A zatem Mark zabierał Jacqui Farrar do ich ulubionej restauracji. Już samo to było paskudne, ale najgorsze, że przedstawiali się tam jako państwo Crofton. Obsługa momentalnie zorientuje się, że ona nie jest tą kobietą, która przychodziła z Markiem w charakterze jego żony. Kierownik pubu zmienił się przed pół rokiem. Czy to znaczy, że przez cały ten czas Mark i Jacqui umawiali się w „Dębinie", udając małżeństwo? Wiedziała już, że nie mogłaby tam pójść – nie zniosłaby wścibskich spojrzeń kelnerów, szeptów, oplotkowywania za plecami. Postanowiła jednak, że nie będzie odwoływać rezerwacji – Mark będzie to musiał zrobić sam.

Była tak podminowana, że kiedy odezwał się dzwonek w drzwiach, aż podskoczyła nerwowo. Upłynęła dobra minuta, nim wzięła się w garść i poszła otworzyć.

W progu stała Zoe. Prezentowała się chyba jeszcze piękniej niż zwykle. Miała na sobie obcisłe białe dżinsy, jedwabną szmaragdową bluzkę i wciętą w talii kamizeleczkę z czarnego zamszu.

– Cześć! – Obrzuciła siostrę badawczym spojrzeniem.
– Hej, co się stało? Wyglądasz jak żywy trup. Rozmawiałaś z Markiem?

– Tak, rozmawialiśmy.

– I co? Nieciekawie się to przedstawia? Hmm… – Bezlitośnie czytała w twarzy Sanchy. – No, mów. I tak się w końcu wygadasz. Co się dzieje? – Zajrzała w głąb domu.
– Dzieciaki są? Prawdę mówiąc, podjechaliśmy do ciebie

w związku z nimi. Guy wpadł na pomysł, żeby pobawić się na jarmarku, gdzieś w Ramsden, pomyślałam więc, że może by ci to pomogło, gdybyśmy zabrali dzieciarnię. Popołudnie mielibyście dla siebie, moglibyście porozmawiać jak trzeba.

Sancha uśmiechnęła się z trudem.

– Dziękuję, że o mnie pomyślałaś, ale Martha zabrała już całą trójkę do zoo. Pojechali na cały dzień.

– Ładnie się zachowała – pochwaliła Zoe. – To był jej pomysł czy twój?

– Jej.

– To znaczy, że się jej zwierzyłaś?

– Przyjaźnimy się... – Sancha spojrzała na czerwone porsche, stojące przy krawężniku. Kierowca wychylił głowę z okna. Patrzył na nie. Ciepły, wiosenny wiatr rozwiewał mu włosy. – To Guy?

– Tak, nasz producent. – Zoe uśmiechnęła się szeroko. – Muszę być dla niego miła, żeby nie obciął nam budżetu.

– E tam. Podoba ci się. Nawet ja to wiem. – Jego imię pojawiało się w ich rozmowach na tyle często, że Sancha wyczuwała, iż coś tu się święci, chociaż Zoe nie puszczała pary. Nigdy nie mówiła o swoim prywatnym życiu. Może zresztą – zajęta pracą zawodową – nie chciała się nad nim poważnie zastanowić? Z Guy jednak wiązało ją na pewno coś więcej niż plan filmowy.

Nie był przystojny – ot, taki sobie duży, barczysty mężczyzna z bujną, rudą czupryną – ale w jego twarzy było coś niezwykle ujmującego: łagodność, humor. Bez tych cech nie poradziłby sobie z Zoe.

Słysząc, że w domu dzwoni telefon, Sancha podbiegła do aparatu.

– Halo? – rzuciła bez tchu i usłyszała przytłumiony, trudny do zidentyfikowania głos.

– Twój mąż jest teraz u niej. Przyłapiesz ich w łóżku, jeśli się pospieszysz. O ile, oczywiście, nie jest ci to całkiem obojętne...

– Kto mówi?! – krzyknęła ochryple, ale jedyną odpowiedzią był brzdęk. Połączenie zostało przerwane.

Odłożyła słuchawkę, trzęsąc się z wściekłości, a kiedy się odwróciła, niemal wpadła na Zoe.

– Kto to był? – zapytała siostra, która weszła za nią do domu.

– Ona... Jestem pewna, że to była ona. Zmieniła głos, mówiła przez chusteczkę albo jakoś tak... ale jestem pewna, że to ona.

Zoe nie potrzebowała pytać, kogo miała na myśli.

– Co takiego ci powiedziała? Wyglądasz strasznie.

Błyszczące zielone oczy Zoe zlustrowały szarą jak popiół twarz Sanchy. Nie mogąc znieść przenikliwości tego spojrzenia, odwróciła głowę.

– Powiedziała, że Mark jest u niej... w razie gdybym chciała przyłapać ich w łóżku.

– A to sk... – Zoe zakryła ręką usta. – Naprawdę tam jest? Bo nie jest, prawda?

Sancha potrząsnęła głową.

– Dziesięć minut temu pojechał, żeby się z nią zobaczyć... Powiedział mi – dodała szybko, widząc minę Zoe – że jedzie, żeby się z nią rozmówić, wytłumaczyć, że wszystko skończone. Powiedziałam mu, że jeśli chce, żeby nasze małżeństwo przetrwało, to muszą przestać razem pracować. Nie mogą się już widywać ani w biurze, ani poza pracą...

Zoe skrzywiła się ironicznie.

– Rób jak chcesz, skoro zależy ci na małżeństwie, ale moim zdaniem, jeśli mężczyzna zrobi raz skok w bok, to potem wchodzi mu to w nawyk.

Ze złością otworzyła czarną zamszową torebkę, którą trzymała na ramieniu, wyjęła notesik i wieczne pióro, podniosła słuchawkę i zaczęła wykręcać jakiś numer.

– Co ty robisz? Chyba nie dzwonisz do niej? – Przerażona Sancha próbowała wyrwać jej telefon, ale Zoe ze słuchawką przy uchu odsunęła ją na odległość ramienia.

Po jakimś czasie, w milczeniu, nabazgrała coś na karteczce i nadal nic nie mówiąc, odłożyła słuchawkę. Sancha obserwowała ją z rosnącym niepokojem.

– Czy to jest jej numer? – zapytała Zoe, pokazując jej kartkę z zapisanym numerem.

Miała trudności z odczytaniem go. Cyfry tańczyły jej przed oczami. Kiedy się opanowała, rozpoznała numer od razu. Wiedziała, że nigdy go nie zapomni.

– Tak – wyszeptała. – Czy odebrała telefon? Co ty próbujesz udowodnić?

– Posiadanie trójki dzieci zamienia rozum w sieczkę – powiedziała Zoe z sarkazmem. – Nie słyszałaś, że można już namierzyć ostatniego rozmówcę, wykręcając ten oto numer? – Napisała go na kartce i pokazała siostrze. – Wykręcasz ten numer i mówią ci, skąd dzwoniono. Chyba że ten ktoś zdążył już wykręcić inny numer, żeby cię zablokować. Telefonicznego maniaka się w ten sposób oczywiście nie złapie i cała ta zabawa przestaje mieć sens, ale podobno każdy ma prawo do prywatności. Nawet jeśli miałoby to oznaczać, iż rozmaici zboczeńcy wydzwaniający do kobiet nigdy nie zostaną namierzeni.

Sancha prawie jej nie słuchała.

– A więc to ona dzwoniła do mnie! I na pewno ona wysłała ten anonim!

– Oczywiście – kiwnęła głową Zoe. – To obrzydliwa intryga, kochanie.

– Co? – Sancha spojrzała na siostrę pustym wzrokiem.

– Ta małpa próbuje doprowadzić do tego, żebyś wyrzuciła Marka z domu i zażądała rozwodu. Miła panienka. Co masz zamiar zrobić?

– Powiem Markowi. Może wreszcie zrozumie, że nie ma do czynienia ze słodkim niewiniątkiem, jak sobie chyba naprawdę wyobrażał.

– Może… A w ogóle przyznał się do romansu?

– Mówi, że nie zaszło za daleko.

– To znaczy?

– To znaczy, że jeszcze ze sobą… – Przerwała, po czym dodała niechętnie: – Nie chcę o tym mówić.

Zoe jednak nie dała się zbyć.

– Nie sypiają ze sobą? I ty mu wierzysz?

– Tak!

Zoe uśmiechnęła się drwiąco.

– Chyba nie całkiem.

Ktoś zapukał i obie jednocześnie spojrzały w stronę drzwi. W progu stał Guy. Uśmiechał się wyczekująco.

– Dzień dobry. Hej, co się dzieje? Zabieramy dzieciaki do wesołego miasteczka, czy nie?

Sancha pomyślała, że Guy można by polubić już choćby za ten ciepły, tubalny głos. Uśmiech, z jakim jej piękna siostra zwróciła się do niego, uzmysłowił jej, że mimo swego cynicznego stosunku do mężczyzn, dla tego jednego Zoe miała autentyczną sympatię.

– Pojechały już na cały dzień. Do zoo.

– No, to w tym samym kierunku, co my. Szlakiem Wielkiej Niedźwiedzicy – powiedział wesoło. – Ale skoro będziemy sami, to jeszcze lepiej. Pojeździmy sobie kolejką upiorów. Kiedy szkielety, grzechocząc kośćmi, wynurzą się z ciemności, z piskiem rzucisz mi się w ramiona i będę cię mógł uwieść.

– Terefere – odburknęła Zoe. – To ty będziesz się trząsł ze strachu i tulił do mnie. Ale nic z tego. Uważaj, bo możesz oberwać.

– Napijecie się kawy? – zaproponowała szybko Sancha. Było jej żal Guy. Zoe zawsze go usadzała, trzymała na dystans, traktowała jak wiernego psa. Lubiła go, ale nie była pewna, czy chce się na stałe wiązać. Ciekawe, czy Guy długo to jeszcze wytrzyma?

– Nie, dziękujemy. – Decyzja jak zwykle należała do Zoe. – Powinniśmy już jechać. Guy, idziemy.

Ruszył za nią jak posłuszny pies. Zoe zatrzymała się w drzwiach i poważnie popatrzyła na siostrę.

– Bądź stanowcza wobec Marka – powiedziała ciepło. – Niech nie myśli, że może sobie robić, co chce. Coś mi się jednak wydaje, że nie kłamie. W przeciwnym razie ta jego asystentka nie zachowywałaby się tak desperacko.

Kiedy odjechali, Sancha jeszcze przez chwilę nie odchodziła od kuchennego okna. Patrząc na zalany słońcem ogród, myślała o tym, co w tej chwili może się dziać w mieszkaniu panny Farrar. Czy Zoe miała rację? Czy istotnie Jacqui Farrar zbyt usilnie starała się przekonać ją o winie Marka?

Och, jakżeby chciała włożyć czapkę niewidkę i znaleźć się tam. Musiała znać prawdę. Pragnęła ufać Markowi, uwierzyć mu, ale zaślepiała ją zazdrość.

Czas sączył się powoli. Spojrzała na zegarek. Kwadrans po dwunastej. Mark… Jechał już z powrotem, czy nie? Zakręciła się po kuchni, nasłuchując. Dziwne to było wrażenie. W domu panowała przytłaczająca cisza. Wydobywały się z niej dźwięki, których w hałaśliwej obecności dzieci nigdy nie było słychać. Tykanie zegara w przedpokoju, szum wody w rurach, buczenie lodówki, poskrzypywanie desek podłogowych w słońcu. Dom był czymś żywym; była jego częścią.

Och, gdzie ten Mark? Znowu zerknęła na zegarek. Dwunasta dwadzieścia. Minęło zaledwie pięć minut, a wydawać by się mogło, że upłynęły godziny. Pod nogami zaskrzypiała podłoga. Za oknem przeleciał ptak. Znieruchomiała, słysząc zbliżający się samochód, ale się nie zatrzymał. To nie Mark… Na ściennym zegarze dochodziło wpół do pierwszej. Powiedział, że do tego czasu wróci. Nie przyjechał. Był z tamtą. W jej mieszkaniu, w łóżku.

Zakryła ręką usta, żeby nie krzyczeć.

ROZDZIAŁ SZÓSTY

O pierwszej zaczęła przygotowywać warzywa na sałatkę, chociaż jedzenie obchodziło ją w tej chwili tyle, co nic. Potrzebowała po prostu zająć czymś ręce, zrobić coś, żeby nie myśleć. Śmieszne! Od kiedy urodziły się dzieci, harowała bez wytchnienia, marząc o wolnej chwili. I oto teraz – dzisiaj – miała dla siebie calutki dzień. I co? Nienawidziła tej wolności.

Dwadzieścia minut po pierwszej zadzwonił telefon.

Przez chwilę tępo wpatrywała się w aparat. Nie chciała odbierać. Po co? Żeby usłyszeć Marka, który oświadcza, że nie wraca do domu, wybrał Jacqui i żąda rozwodu? Telefon dzwonił uporczywie. A jeśli miał wypadek? – pomyślała nagle. Wyjechał z domu w takim stanie, że… Ogarnięta złym przeczuciem rzuciła się do słuchawki.

– Halo – powiedziała ledwo słyszalnym głosem.

– Pani Crafton? Tu restauracja „Dębina".

– Och…

Ktoś mówił mało sympatycznym tonem i trudno go było za to winić.

– Zamawiała pani stolik na pierwszą. Trzymam go jeszcze, ale mamy kolejkę chętnych, jeśli więc zamierzacie państwo bardzo się spóźnić, to, niestety, zmuszony będę odwołać rezerwację.

– Tak, oczywiście… – wydukała z trudem niezbyt mądrze. – Bardzo przepraszam, ale mąż chyba zmienił plany. Miał być w domu prawie godzinę temu, ale nie przyjechał. Jeszcze raz przepraszam.

Niezbyt zgrabne, wypowiedziane schrypniętym tonem wyjaśnienie nie poprawiło kierownikowi humoru.

– No cóż – skwitował lodowato. – Szkoda, że nie zawiadomiła mnie pani wcześniej. Musiałem odprawić z kwitkiem gości, którzy chętnie zajęliby stolik.

– Przepraszam – powtórzyła i słysząc trzask odkładanej słuchawki, westchnęła ciężko. Koniec. Nigdy już nie posiedzą sobie w tej ulubionej restauracji. Z kilku powodów. Raz, że nie pojechałaby tam, wiedząc, że Mark zabierał do niej Jacqui; dwa, że restaurator nie przyjąłby zapewne rezerwacji na ich nazwisko.

Spojrzała na zegarek. Prawie wpół do drugiej. Marka nie było już dwie godziny. Rozstanie z kimś nie trwa tak długo. Kiedy Jacqui Farrar dzwoniła tutaj, zapewne podjeżdżał pod jej blok. Zobaczyła go z okna i natychmiast zatelefonowała z tymi kłamstwami. Po co? Czego się spodziewała? Czy tego, że przyjedzie i przyłapie ich razem w łóżku? Pewnie urządziła całe przedstawienie, żeby wypadło to przekonywająco. Czyli co? Wyobraźnia Sanchy pracowała gorączkowo.

Blondyneczka wstała późno, może przed południem. Była jeszcze w nocnej koszuli. Albo nie... O tej porze w sobotę zapewne zdążyła już wstać, wziąć prysznic, ubrać się. Dopiero potem wróciła do sypialni i zdjęła zwykłe ciuchy, żeby na gołe ciało narzucić coś uwodzicielskiego, na przykład jakiś lekki, rozchylający się łatwo szlafroczek. Kiedy Mark zadzwonił do drzwi, spryskała się od góry do dołu jakimiś perfumami o kuszącym zapachu, rozburzyła ręką włosy i pofrunęła, żeby mu otworzyć, jakby dopiero co wstała z łóżka.

Mark bez wątpienia próbował od razu wyjaśnić, że wszystko skończone, ale popłakała się i, oczywiście, zaczął ją uspokajać. Wtedy oplotła go sobą jak powój…

W ubiegłym roku mieli powój w ogrodzie. Był bardzo piękny, miał białe i różowe kwiaty, ale rozrastał się tak szybko, że ocienił wszystkie inne rośliny, próbując zawładnąć całą grządką. Był bezwzględny i trzeba było postąpić z nim tak samo bezlitośnie. Pozbyła się go w końcu – wyrwała korzeń, połamała gałęzie i wszystko razem spaliła w ognisku. Wobec Jacqui Farrar należało się zachować tak samo niemiłosiernie.

Naturalnie, jeśli nie było już na to za późno. Dlaczego w ogóle go tam puściła? Wiedziała, że to niebezpieczne – tak czy nie? Jacqui Farrar z całą pewnością nie miała skrupułów. Nie uwolniłaby go od siebie tak po prostu, poddając się bez walki.

I ja też się nie poddam, myślała Sancha, zaciskając zęby. To mój mąż, kocham go, będę o niego walczyć. Potrafię walczyć tak samo jak tamta. Zainwestowałam w Marka wiele lat mojego życia. Jest ojcem moich dzieci i nie będę się spokojnie przyglądała, jak odchodzi z inną. Co to w ogóle za kobieta? Trzeba być bez sumienia, żeby zabrać komuś męża.

Tyle tylko, że Mark nie był zabawką, o którą można się bić. Był dojrzałym mężczyzną. Miał swój własny rozum i bardzo silną wolę. Dlaczego w ogóle związał się z inną kobietą? Bo w domu nie otrzymywał tego, czego potrzebował. To oczywiste. Westchnęła, zamykając oczy. Tak łatwo było winić za wszystko Marka albo tamtą kobietę

– ale nic na tym świecie nie jest takie proste. Musiała przyznać, że część tej winy spadała również na nią.

Och, naturalnie, mogłaby wskazać dziesiątki przyczyn ich stopniowego odchodzenia od siebie – zawsze łatwo jest tłumaczyć samego siebie. Małżeństwo jednak, tak jak wszystko w życiu, wymaga pracy i to od obojga partnerów. Tu właśnie zawiedli.

Przestali dawać sobie miłość i oparcie. Gdyby zadbała o to, żeby Mark mógł się przed nią wyżalić, zwierzyć ze swych problemów, gdyby była dla niego serdeczniejsza, nie szukałby u innych współczucia. Gdyby z kolei on zechciał zauważyć, jaka jest zmęczona, gdyby spróbował pomóc, okazał czułość... Gdyby... Gdyby... Stracili tyle okazji. Tak dalej nie wolno!

Przerwało jej znajome mruczenie silnika samochodu. Zastygła na moment, a następnie podbiegła do okna. Mark wjeżdżał do garażu. Ulga, jaką odczuła, sprawiła, że aż zakręciło się jej w głowie. Zacisnęła powieki i zebrała się w sobie. Wbiegła szybko do kuchni i zaczęła kończyć przygotowania do lunchu. Sałatkę poda do upieczonego przedwczoraj kurczaka. Będą też grzanki z serem. Włączyła grill i zaczęła kroić miękki ser, gdy wszedł. Odłożyła nóż i odwróciła się do niego, wycierając ręce w ściereczkę. Z czym wracał? Z jaką decyzją?

Wyglądał tak, jakby przeżył szok.

– Przepraszam za spóźnienie – powiedział krótko. – To co z tym lunchem w „Dębinie"? Udało się zarezerwować stolik?

– Owszem. Na pierwszą. O wpół do drugiej oddzwonili, że odwołują rezerwację. Nie powiem, żeby byli z nas zadowoleni. – Spojrzała mu prosto w oczy. – Dowiedziałam się też, że byłeś tam w ubiegłym tygodniu. Z żoną.

Zamknął oczy. Ciekawe, co ukrywał? Bał się, że coś w nich wyczyta? Czy może nie chciał na nią patrzeć?

– Święty Boże – jęknął. – To ona zarezerwowała stolik na...

– ...pana i panią Crofton. Dokładnie. Kierownik uznał naturalnie, że ja to ona i przypomniał mi, że często jadam u nich z mężem.

Starała się mówić spokojnie. Nie zamierzała robić paskudnych scen; było ich już dość. Chciała, żeby jej chłód udzielił się i jemu. Gwałtownie otworzył oczy. Były pociemniałe z gniewu.

– Nieczęsto, Sancha. To nieprawda. Byliśmy tam jeden jedyny raz, w zeszłym tygodniu. To były jej urodziny. Powiedziała, że chciałaby je uczcić w jakimś ładnym miejscu, a wiedziała, że „Dębina" to moja ulubiona restauracja... kiedyś o tym przy niej napomknąłem. Zapytała, czy moglibyśmy tam się wybrać, więc zgodziłem się. Zarezerwowała stolik...

– ...na pana i panią Crofton! – Mimo najlepszych intencji, Sanchy nie udało się nie podnieść głosu. – Nie mów mi, że nie zdawałeś sobie sprawy z tego, że biorą ją za twoją żonę.

Z wściekłością przegarnął ręką włosy.

– Pamiętam, że ktoś powiedział coś w rodzaju: „Mam nadzieję, że pańskiej żonie u nas smakowało". Powinienem był sprostować, ale wtedy nie wydawało mi się to istotne. Jak ty to sobie zresztą wyobrażasz? Miałem się spowiadać kelnerowi? Powiedzieć: To moja asystentka, nie żona? Jakoś głupio. Nie wiedziałem, że celowo wprowadziła ich w błąd.

– Ciągle kłamie jak z nut.

Spojrzał na nią ostro.

– Nie rozumiem.

– Zadzwoniła do mnie, niedługo po twoim wyjeździe…

– Dzwoniła? – Bardziej zakłopotany już być nie mógł.

– Próbowała zmienić głos, ale to była ona. Jestem pewna. – Obserwowała go, próbując wyczytać z wyrazu jego twarzy prawdę. O, jak bardzo chciałaby wiedzieć, czy w dalszym ciągu ją okłamuje. – Powiedziała, że jesteście razem… w łóżku.

Twarz Marka ściągnęła się, jakby go uderzyła. Był purpurowy z gniewu.

– Jesteś pewna, że to ona? Poznałaś po głosie?

– Od razu. Ale potem Zoe zadzwoniła pod jakiś tam numer, gdzie można się dowiedzieć, skąd dzwonił nasz ostatni rozmówca. Podano numer Jacqui Farrar. A więc to pewne.

Zmarszczka na czole Marka pogłębiła się.

– Zoe? A skąd ona się tutaj wzięła?

– Przyjechała ze swoim producentem. Wybierali się na wycieczkę i zaproponowała, że weźmie dzieci. Właśnie rozmawiałyśmy, gdy zadzwonił telefon.

– I wszystko jej opowiedziałaś!

– Byłam zdenerwowana, trudno, żeby tego nie zauważyła. Jest moją siostrą i obchodzi ją moje życie… dlaczego miałabym się jej nie zwierzyć? Muszę przecież z kimś rozmawiać. – Walczyła ze łzami i głos jej się załamywał. Zapewne to dosłyszał, bo spojrzał na nią niepewnie.

– Tak czy siak, wolałbym, żebyś jej nie mówiła. Po co zaraz wszyscy mają znać nasze życie. To są sprawy osobiste.

– Zoe to nie jacyś tam „wszyscy". To moja siostra. Zna mnie, widziała, jak bardzo zdenerwował mnie ten telefon.

– Ogromnie mi przykro, Sancho – powiedział łagodniejszym już tonem. – Musisz jednak wiedzieć, że to, co ci zasugerowała Jacqui, to kłamstwo. Nie pojechałem po to, żeby się z nią przespać. Pojechałem zakończyć tę sprawę raz na zawsze.

Sanchy drżały usta.

– A skąd mam mieć pewność? – wyszeptała z trudem. – Nie wiem już, co myśleć. Może znowu mnie okłamujesz? Może na jej widok zmieniłeś decyzję? Nie wiem, czy mogę ci ufać. Ten anonim... i teraz ten telefon... Sama już nie wiem, komu wierzyć.

– To jest aż tak źle? – powiedział wolno, marszcząc brwi. – Wybacz, Sancho, wiem, co czujesz, sam przeszedłem przez to wszystko w ciągu ostatnich miesięcy, kiedy wydawało mi się, że przestałaś mnie kochać. Musimy znowu zacząć sobie ufać. Nie będzie to łatwe, wiem, ale tym razem możesz mi wierzyć, przysięgam. Zakończyłem tę znajomość.

Sancha wciągnęła powietrze, próbując odgadnąć z wyrazu jego twarzy to, co naprawdę czuł. Pociemniałe oczy, zacięte usta... Tak, był rozgniewany. Ale na kogo? Na nią za to, że zażądała ostatecznego rozstania z Jacqui Farrar? Na samego siebie za to, że się poddał? Czy była to dla niego trudna decyzja? Czy mimo wszystko kochał tę dziewczynę?

– Jak zareagowała, kiedy jej powiedziałeś?

Skrzywił się z niesmakiem.

– Nastąpiła bardzo nieprzyjemna scena. Nie chcę o tym mówić. Proszę cię, Sancho... Czy moglibyśmy już o niej zapomnieć? Wykreśliłem ją ze swego życia.

Pochylona nad blatem kuchennego stołu, Sancha walczyła z bólem i niepewnością. Kiedy jej wzrok padł na przygotowaną kolację, zaczęła coś kroić, aby w tej zwykłej czynności znaleźć odrobinę ukojenia. Codzienna rutyna okazała się jedyną ostoją w chwili, gdy ziemia dosłownie trzęsła się jej pod nogami i nigdzie nie było nic pewnego.

– Przygotowałam sałatkę. Do czego ci ją podać? Mam zrobić grzanki z tym serem, czy może wolisz kurczaka na zimno? Został kawałek z przedwczoraj.

– Jak chcesz. Nie jestem głodny.

Przypatrzyła mu się uważnie. Nie wyglądał najlepiej. Nie pamiętała u niego takiej mizernej, zmęczonej twarzy. Był zawsze zdrowy, silny, energiczny...

– Powinieneś coś zjeść – powiedziała zaniepokojona. – Od razu poczujesz się lepiej.

– Muszę się napić.

Wyszedł do saloniku. Usłyszała, że odkorkowuje butelkę wina i nalewa je sobie. Westchnęła, wkładając pieczywo z serem do opiekacza. Czy kiedykolwiek powrócą do normalności? Życie już nigdy nie będzie takie jak dawniej. Napięcie, jakie się między nimi wytworzyło, sprawiało, że miała twarz jak maskę. Czy Mark też się tak czuł? Najprawdopodobniej. Tak przynajmniej wyglądał. Stał teraz z kieliszkiem białego wina i patrzył na nią nieobecnym wzrokiem.

– Świetnie. Niech będzie, jak chcesz. Przynieść wino i kieliszek dla ciebie?

– Proszę – powiedziała, choć było jej właściwie wszystko jedno. Wino wszakże mogło poprawić atmosferę. Oboje potrzebowali odtajać, rozluźnić się trochę. Kiedy usiedli, nalał wino, postawił kieliszek przy jej talerzu i popatrzył na opiekający się chleb z płatkiem mozarelli, złoty z wierzchu, w środku miękko stopiony.

– Dobrze wygląda. Pierwszy raz jedliśmy to w Normandii. Pamiętasz? W oberży pod Bayeaux.

– Pamiętam. – Zadrżała lekko, gdyż pamięć podsunęła jej od razu wspomnienie gorącego lata i szalonego szczęścia. Byli jeszcze wtedy namiętnymi kochankami, a życie rodzinne nie pochłonęło ich miłości. Dziś odczuwała jedynie smutek i chłód.

– Naprawdę pyszny – powiedział, smakując ser. – Kupiłaś już taki doprawiony oliwką?

– Nie, sama go doprawiałam przed zapieczeniem.

– Fantastyczny.

– Dziękuję. Cieszę się, że ci smakowało – powiedziała ucieszona. Tak często ostatnio jadł, nie zwracając uwagi na to, co przed nim postawiła.

Dolał sobie wina i upił łyk.

– Wiesz. – Raptownie podniósł głowę. – Tak sobie myślę... Zastanawiam się, czy ona wysłała ten anonim.

– Jestem o tym absolutnie przekonana.

Spotkali się wzrokiem.

– Bo wiesz... – skrzywił się cierpko – ona mnie naprawdę zaskoczyła. Nigdy bym nie podejrzewał, że jest taka. Dała całkiem przekonywające przedstawienie. Wydawała się taka sympatyczna. Kiedy jednak powiedziałem, że musimy się przestać widywać, maska opadła. Dosłownie rzuciła się na mnie... Szczerze mówiąc, próbowała zaciągnąć mnie do łóżka. A kiedy jej się to nie udało, urządziła mi scenę, próbowała nawet grozić... Powiedziała, że zaskarży mnie do sądu i obsmaruje w prasie.

– Sądzisz, że to możliwe?

– Kto ją tam wie, chociaż nie wydaje mi się, żeby zdołała zainteresować jakąkolwiek gazetę. Bo nie ma czym. Nie jestem jakąś gwiazdą filmową ani kimś sławnym, ona też nie. Niby dlaczego ktoś miałby chcieć o tym czytać? Chciała mnie po prostu postraszyć.

– Wiedziałam, że nie puści cię tak łatwo – wyszeptała Sancha, zaciskając dłonie na stole.

– Nie bój się – powiedział, obejmując je. – Nic ci nie zrobi, kochanie, nie dopuszczę do tego.

Tak dawno już nie mówił do niej tak serdecznie. Uśmiechnęła się niepewnie.

– No, zjadaj, póki ser nie wystygnie. Sałatka też jest pyszna. Nigdzie byśmy lepszej nie zjedli. Cieszę się, że zostaliśmy w domu.

– Ja też. W restauracji nie dałoby się porozmawiać…

A na pewno nie tak szczerze, pomyślała Sancha i spytała:

– Jak myślisz, Mark? Co się może stać na tym zebraniu udziałowców? Czy ty i Frank zdołacie ich przekonać, że sprzedając się Graingerowi, popełnią błąd?

Wzruszył ramionami.

– Zrobimy, co w naszej mocy, ale nie dałbym głowy, że się uda. Oferta Graingera jest kusząca. Jego akcje w porównaniu z naszymi mają więcej niż dwukrotne przebicie. Tak to, bezstronnie oceniając, wygląda, choć oczywiście wolałbym, żeby było inaczej.

– Ale przecież wy obaj zrobiliście bardzo wiele, żeby rozbudować firmę! Na pewno zdają sobie z tego sprawę! Harowaliście jak woły, a oni jedynie odcinali kupony. Jeśli was teraz sprzedadzą, to będzie świństwo.

– Zgadzam się w zupełności, ale udziałowców obchodzi tylko jedno: forsa, jaką mogą zarobić. Nie zastanawiają się ani przez moment nad konsekwencjami.

– Dużo osób straciłoby pracę? – zapytała z niepokojem.

– Najprawdopodobniej. Przejmowaniu firmy zawsze towarzyszą zwolnienia i to ze wszystkich stanowisk… od góry do dołu.

– A gdyby miało do tego dojść, to co? Co zrobisz?

– Na razie nie mam pojęcia. Obawiam się, że trzeba by było sprzedać ten dom i kupić mniejszy. Bardzo możliwe też, że gdybym dostał pracę w innej firmie, to musielibyśmy się gdzieś przenieść.

Z wyrazu jego oczu wywnioskowała, że w głębi duszy obawiał się jej reakcji. Dopóki jednak byli razem, nie bała się niczego. Podniosła głowę i uśmiechnęła się.

– Mieszkaliśmy już w mniejszych domach. Poradzimy sobie.

Zauważyła, że jego twarz rozpręża się z ulgą.

– Nie zmartwiłabyś się?

– To mogłoby być nawet przyjemne… to tak, jakbyśmy zaczynali wszystko od nowa.

– Może i masz rację – ożywił się. – O której Martha ma przywieźć dzieci?

– Powiedziała, że przed wieczorem.

– Czyli że mamy jeszcze mnóstwo czasu na… – Spojrzał na nią spod rzęs. – Na rozmowę – dokończył, najwyraźniej się z nią drocząc.

Serce zabiło jej żywiej. Nie chodziło mu o rozmowę, to oczywiste. Drwiące spojrzenie jego oczu było aż nadto wymowne. Co prawda oświadczyła mu stanowczo, iż nie będą się kochać, aż odzyska do niego pełne zaufanie, ale wiedziała, że mogłaby ulec. Obawiała się, iż Mark doskonale to wyczuwa.

Kiedy skończyli lunch, postawiła na stole owoce. Nie chciał jednak już nic jeść, a tylko poprosił o kawę.

– Przyniosę ją do saloniku. Idź tam i posiedź chwilę – zaproponowała, lecz pokręcił głową.

– Pomogę ci. Dawno tego nie robiłem. Ale kiedyś, pamiętasz?

Pamiętała dobrze, chociaż pierwsze lata małżeństwa, kiedy nawet zmywanie i wycieranie naczyń było przyjemne, jeśli tylko robili to razem, wydawały się takie odległe.

Kiedy zajęła się przygotowywaniem kawy, sprzątnął ze stołu i wstawił brudne talerze do zmywarki, po czym wziął od niej tacę i zaniósł ją do saloniku.

Sancha usiadła na podłodze przy niskim stoliczku do kawy i nalała dwie filiżanki. Mark tymczasem poszukał taśmy ze spokojną muzyką i włączył ją. Kiedy podszedł do stolika, pospiesznie podała mu filiżankę. Wrażenie bycia z nim sam na sam było tak silne, że nie odważała się na niego patrzeć. Czuła, że doskonale zna powody, dla których nagle dostała wypieków. Podniosła się szybko z podłogi i usiadła w fotelu. Miała nadzieję, że wyglądało to naturalnie, chociaż – oczywiście – była to ucieczka. Mina Marka wskazywała na to, że ani przez moment nie dał się zwieść i doskonale orientował się w jej odczuciach. Pozostawiał je jednak bez komentarza. Usiadł naprzeciwko niej, prostując dla wygody nogi i swobodnie wyciągając się na oparciu.

Milczenie przeciągało się. Mark przymknął oczy i zdawać się mogło, iż zbiera mu się na popołudniową drzemkę. W spojrzeniu spod ciężkich powiek było jednak coś, co przyprawiało Sanchę o gęsią skórkę. O czym myślał? Była tym tak podenerwowana, że musiała powiedzieć cokolwiek, co przerwałoby ciszę i oderwało go od tego, co zaprzątało mu głowę.

– Miejmy nadzieję, że dzieciaki nie zamęczą Marthy. Bierze je często na parę godzin, ale nie na cały dzień.

– O, jestem pewien, że sobie poradzi. Wygląda mi na bardzo zaradną niewiastę. – Upił łyk kawy, przez cały czas patrząc na Sanchę znad filiżanki. Znowu poczuła się bardzo nieswojo.

– Pogoda jak dotąd jest piękna – powiedziała matowym głosem.

– Ano.

– A w ogóle dzieciaki uwielbiają jeździć do zoo... Roześmiał się głośno.

– To może by tak tam zostały? Jedno albo i dwoje, Flora na przykład. Ostatnio wydaje się jej, że jest kangurem. Na pewno znalazłoby się tam dla niej miejsce.

Spojrzała na niego niepewnie; czasami odnosiła wrażenie, że Mark odnosi się do Flory niechętnie, bez serdeczności, którą miał dla chłopców. Tym razem jednak zrobił taką minę, że zrozumiała, iż jedynie żartował.

– Dorastają tak szybko. Za parę lat Flora pójdzie do szkoły i przez cały dzień nie będę miała nic do roboty. – Nagle zrobiło się jej smutno.

– Jeśli chcesz mnie namówić na jeszcze jedno dziecko, to wybacz, ale nic z tego – zaprotestował kategorycznie. – Musisz przestać być wieczną mamuśką. Nie jest ci to niezbędne, rozumiesz?

– O, tak. Od lat nie zajmuję się niczym innym. Chciałabym wrócić do dawnych zainteresowań, mieć trochę czasu dla siebie. – Pojaśniały jej oczy. – Mogłabym zrobić kurs fotografii dla zaawansowanych i zacząć znowu pracę, w niepełnym wymiarze godzin. Byłoby to takie przyjemne.

– Czemu nie? Byłaś niezła, szkoda zmarnować ten talent. Dałaś już z siebie innym wystarczająco wiele... czas, żebyś pomyślała o sobie.

– Moje ewentualne zarobki też by się liczyły w domowym budżecie, prawda?

.. Popatrzył na nią z namysłem, ale i tak, jakby go nieco zaskoczyła.

– Naturalnie. Nie myślałem o twoim powrocie do pracy, ale muszę przyznać, że gdyby Grainger przejął firmę i musiałbym szukać pracy, jakieś dodatkowe pieniądze bardzo by się przydały.

Poczuła przez moment radość. Mark wyglądał już dużo pogodniej – z jego twarzy zniknęło napięcie. Wstała z fotela i uklękła przy stoliczku do kawy.

– Chcesz jeszcze?

Podniósł się również i postawił filiżankę, ale kiedy Sancha sięgnęła po nią, ukląkł nagle obok i objął ją w talii. Stało się to tak szybko i niespodziewanie, że straciła równowagę i odchyliła się w tył ze sztywno wyprostowaną ręką. Przeczuwała, że Mark może mieć ochotę na czułości, z góry też zaplanowała, jak się wtedy zachowa: chłodno, spokojnie, z dystansem. Cóż, wystarczyło, że jej dotknął, a ogarnęło ją istne szaleństwo.

– Przestań wreszcie patrzeć na mnie jak królik zahipnotyzowany przez węża. Uspokój się, Sancha. Nic takiego się nie dzieje. Na wypadek gdybyś zapomniała: jesteśmy małżeństwem. Mąż ma prawo pocałować żonę. Nie ma w tym nic niemoralnego.

Dotknął jej warg, lecz leciutki pocałunek pozostawił w niej taki niedosyt, że mocniej przywarła do jego ust.

– Widzisz? To nie boli – powiedział, patrząc jej w oczy.

To nie tak, pomyślała. Ból nie jest czymś tak prostym,

jak to sobie mogła kiedyś wyobrażać. Pocałunek mężczyzny, którego uczuć nie była pewna, mógł być bolesny. Przymknęła oczy.

Kiedy poczuła, że całuje jej powieki i delikatnie dotyka językiem rzęs, zawirowało jej w głowie. Ogarnęło ją poczucie absolutnej niemocy, a kiedy otworzyła oczy, zobaczyła nad sobą twarz Marka. Leżeli na dywanie.

– Och, nie… – szepnęła.

– Och, tak – zadrwił, pochylając się nad nią coraz niżej i niżej.

– Proszę cię…

– Prosisz? Ale o co, Sancha? Żebym cię pocałował? Właśnie zamierzałem to zrobić.

Ostatnie słowo wypowiedział z ustami na jej wargach. Była zgubiona. Nie chciała już uciekać; pragnęła poddać się rozkoszy, którą napełniał ją pocałunek. Zamknęła znowu oczy, jakby chciała zapomnieć o lękach i niepokojach, które wnosił w jej życie. Po co walczyć? Po co bronić się tak uparcie, gdy wargi same rozwierały się do pocałunku, a krew szumiała w uszach?

Oplotła mu ramionami szyję, przyciągając go mocniej do siebie. Zanurzyła palce w gęste, ciemne włosy i czując znajomy kształt głowy, spontanicznie ujęła jego twarz w dłonie. Mark jęknął, rozpinając guziki bluzki i obejmując jej krągłe piersi.

Z żaru tlącego się między nimi wybuchł ogień. Gorący oddech Marka mieszał się z jej własnym, płytkim i nierównym. Kiedy poczuła jego ręce na udach, przesuwające się coraz wyżej, jak w gorączce rozpięła mu koszulę i zaczęła całować pierś, słysząc dzwonienie w uszach.

Mark zaklął.

– Co? – Otworzyła nieprzytomne oczy.

To, co wzięła za szum krwi, było zwykłym dzwonkiem. Ktoś dobijał się do drzwi.

– Udajemy, że nas nie ma – szepnął, lecz chwilę później dobiegły do nich głosy.

– Mamusiu! Gdzie jesteś? Mamo…

– O Boże, wrócili – syknął przez zęby. – A miało ich nie być cały dzień…

Zaczęła się szybko ubierać. Przeciągając guziki przez dziurki i wygładzając na sobie spódnicę, czuła, że drżą jej palce. Któreś z dzieci pukało już do okna. Wiedziała, że nie mogły ich widzieć na podłodze, lecz kiedy tylko by się podniosła, znalazłaby się od razu w polu widzenia. Musiała więc ubrać się do końca.

Mark ubierał się z wściekłością.

– Czyj to był pomysł, żeby w ogóle mieć dzieci? – parsknął, gdy gramoliła się z podłogi.

– Twój! – odburknęła, ruszając w stronę drzwi.

– Chyba miałem nie po kolei w głowie!

Kiedy otworzyła drzwi, Martha spojrzała na nią niespokojnie. Na rękach trzymała zawiniętą w koc Florę.

– Mieliśmy mały wypadek – powiedziała. – Musieliśmy wrócić wcześniej. Przepraszam.

Na ułamek sekundy Sanchy z przerażenia przestało bić serce, ale już za moment wiedziała, że Florze nic się nie stało. Uśmiechając się promiennie, wyciągała rączki stęsknione za mamą. Wzięła ją od Marthy i od razu domyśliła się, co się mogło stać. Otulona pledem mała była nagusieńka, miała też wilgotne i potargane włosy.

– Wpadłam do stawku – poinformowała ochoczo.

– Niestety – potwierdziła Martha. – Spuściłam ją

z oczu dosłownie na sekundę, kiedy kupowałam im lody. Usłyszałam plusk i… Na szczęście było tam bardzo płytko. Wyciągnęłam ją natychmiast, ale zdążyła przemoczyć ubranie. Musiałam z niej wszystko zdjąć.

– Nie mam na sobie nic – powiedziała Flora z zadowoloną miną. – Ciocia Martha zdjęła mi wszystkie ubranka.

Chłopcy byli już w domu. Buszowali w kuchni, skąd dochodziły ich ożywione głosy. Opowiadali coś ojcu.

– No, panienko, czas na kąpiel. – Sancha pogładziła Florę po głowie. – Wstąpisz na herbatę? – zaprosiła Marthę.

– Nie, dziękuję. Chyba powinnam pójść do domu i też zrobić sobie kąpiel. Przemoczyłam buty i mam całe nogi mokre.

Sancha roześmiała się.

– Bardzo mi przykro. To przez tę moją paskudę. Wielkie dzięki za wszystko.

– Nie ma za co. Wierz mi, dla mnie ten dzień też był sympatyczny… nawet ta niespodziewana kąpiel.

– Powiedz dziękuję cioci – nakazała Florze Sancha.

– Dziękuję. – Mała wychyliła się z ramion matki i nieoczekiwanie cmoknęła Marthę w nos.

– Do widzenia, skarbie. – Martha z czułością pochyliła się nad dziewczynką, po czym uśmiechnęła się do Sanchy. – Widzę, że i ty nie próżnowałaś. Masz wreszcie kolory na twarzy. – Widząc, że Sancha czerwieni się jeszcze mocniej, roześmiała się i ruszyła w kierunku własnego domu.

Niedługo potem, przebrana w ulubioną piżamkę w pluszowe misie i czerwone serduszka, Flora siedziała jak aniołek w swoim wysokim krzesełku, zajadając jajecznicę, a chłopcy, którzy kąpali się po niej i również byli już w piżamach, wcinali fasolę z chlebem, wciąż jeszcze przeżywając wycieczkę do zoo. Mark popijał herbatę. Zadawał synom pytania i słuchał ich chaotycznych odpowiedzi. Byli w siódmym niebie, mając go tylko dla siebie, i prześcigiwali się w walce o jego uwagę.

Sancha prawie nie zabierała głosu. Zauważyła z pewnym zdziwieniem, że kolacja przebiega nadzwyczaj sprawnie i schludnie. Nawet Flora niczego nie rozlała.

O siódmej cała trójka spała już smacznie, wyczerpana wrażeniami całego dnia. Sancha mogła spokojnie zejść z powrotem na dół. Mark siedział w saloniku. Z nogami opartymi wygodnie o stolik do kawy oglądał mecz w telewizji. Przez chwilę stała w drzwiach, patrząc na niego z uczuciem szczęścia. Po raz pierwszy od wielu miesięcy w jej małym światku wszystko było tak jak trzeba. Uświadomiła sobie nagle, że za parę godzin trzeba się będzie położyć, i poczuła żywsze pulsowanie krwi. Mark podniósł wzrok i na widok jej zmienionej twarzy uśmiechnął się przekornie.

– Wiem, o czym myślisz – szepnął.

– Zastanawiałam się, co byś chciał na kolację. – Wzruszyła ramionami, lecz rumieńców nie dało się ukryć.

– Ładnie to tak kłamać? – zakpił serdecznie. – A może już nic nie rób? Pojadę do chińskiej restauracji i wezmę coś na wynos. Obrócę w dziesięć minut.

– Świetnie. Nie robiliśmy tak od dawna.

– Wielu rzeczy nie robiliśmy od bardzo dawna – wymruczał, patrząc na nią spod zmrużonych powiek.

Udała, że nie dostrzega podtekstu.

– Marzy mi się potrawka z kurczaka i ryż z jajkiem i groszkiem – powiedziała.

Przeciągnął się, unosząc ręce za głowę i wyprostowując nogi.

– A mnie coś zupełnie innego. Ale niech będzie. Przywiozę ci kurczaka, a sobie kawałek jagnięciny z papryką w sosie z czarnej fasoli. Ty też to lubisz, prawda?

Kiwnęła głową.

– Mam zaparzyć do tego miętową herbatę, czy napijesz się wina?

– Zaparz herbatę.

Kiedy wyszedł, nakryła do stołu. Wyjęła z kredensu porcelanowe czareczki w drobny niebieski wzorek, wstawiła do kuchenki trzy większe półmiski, żeby się podgrzały, i czekając, aż zagotuje się woda, ustawiła na stole dwie świece.

Wrócił po dziesięciu minutach. Słysząc zgrzyt klucza w zamku, zalała szybko herbatę w dzbanku od kompletu. Zapach wypełnił kuchnię. Mark wręczył jej dużą papierową torbę i pociągnął nosem.

– Pięknie pachnie.

Umył i osuszył ręce, a potem zasiadł do stołu. Sancha wyłożyła jedzenie na podgrzane półmiski. Okazało się, że prócz głównych dań kupił również krewetkowe krakersy oraz półmisek chińskich warzyw z grzankami.

– Starczyłoby tego dla sześciu osób – powiedziała uradowana.

– Zrobimy sobie bankiecik – zgodził się z satysfakcją. – Tak mi zapachniało w tej restauracji, że od razu nabrałem apetytu. Myślałem nawet, żeby wziąć jeszcze kaczkę, ale musiałbym dłużej czekać. – Upił łyk herbaty i przymknął oczy. – Mmm... Pyszne.

Jedli bez pośpiechu, a kiedy skończyli posiłek, razem sprzątnęli ze stołu. Potem Sancha wysłała Marka do saloniku, a sama zajęła się przygotowaniem kawy. Kiedy weszła do pokoju, znowu oglądał telewizję, tym razem wiadomości sportowe. Chciał poznać wynik meczu.

Zaraz po wiadomościach zaczął się film. Przesiedzieli przed telewizorem dwie godziny, ale Sancha oglądała go bardzo nieuważnie, myśląc o nadchodzącej nocy. O dziesiątej podniosła się.

– Pójdę się wykąpać – powiedziała, unikając wzroku Marka.

– Wracaj mi tu zaraz. – W jego głosie było tyle czułości, że prawie wybiegła z pokoju.

Nie spieszyła się z kąpielą. Leżała długo w pachnącej wodzie, a potem starannie się wytarła, wciągnęła przez głowę jedwabną nocną koszulę z koronką i zarzuciła na ramiona lekki szlafroczek. Wyszczotkowała wilgotne włosy i skropiła się leciutko ulubioną „Masumi", którą Mark podarował jej na Gwiazdkę.

Jest już na pewno w sypialni, pomyślała, wychodząc z łazienki. Kiedy jednak podeszła do schodów, usłyszała głos Marka, dochodzący z dołu, i stanęła jak wryta. Z kim rozmawiał o tej porze? Ktoś przyszedł, czy też może zadzwonił? Przechyliła się przez balustradę, żeby zobaczyć, co się dzieje w holu, i nagle mocno zakłuło ją serce.

Na dole Mark trzymał w ramionach jakąś kobietę. Blondynkę. Była to Jacqui Farrar.

ROZDZIAŁ SIÓDMY

Przez parę chwil Sancha stała nieruchomo. Ja chyba śnię, myślała. To jakiś koszmar, zły sen, to się nie dzieje naprawdę. Niemożliwe, żeby ta kobieta znajdowała się tutaj, w moim domu. Ciemnoczerwona mini na cieniutkich ramiączkach. Odsłonięte smukłe ramiona, oplatające szyję Marka. Lgnęła do niego całym ciałem, całując w usta!

Sancha zamknęła oczy w nadziei, że kiedy je ponownie otworzy, wszystko okaże się przywidzeniem. Byli tam jednak nadal. Blondynka szlochała:

– Och, Mark, dlaczego mnie unieszczęśliwiasz? Nie wierzę, że już mnie nie kochasz.

– Uspokój się, Jacqui – mówił Mark, przygarniając ją do siebie. – No, nie płacz.

Sancha zamrugała. To nie był sen. To, co widziała, nie było tworem wyobraźni. Była świadkiem czegoś bardzo rzeczywistego, co po prostu nie mieściło się w głowie! Nie panując nad sobą, zbiegła schodami i omal by spadła, zaplątując się w swoje koronki.

Słysząc hałas, Mark raptownie odsunął od siebie dziewczynę i odwrócił się. Miał minę winowajcy. Popatrzyła na niego z pogardą.

– Tak, to ja. Tym razem was przyłapałam. Myślałeś, że się jeszcze kąpię albo czekam na ciebie w łóżku? Niestety, nie udało ci się, mój drogi. Widziałam, co się tu działo. Wszystko słyszałam...

– Porozmawiamy, kiedy ona wyjdzie – uciął Mark, ale nie zamierzała dać się zbyć. Tym razem na pewno nie.

– Jak śmiałeś?! – krzyknęła. – Jak mogłeś całować się z nią w moim własnym domu?! I w dodatku na moich oczach!

– Nie całowałem się z nią!

– Widziałam!

– Nie całowałem jej! To ona...

– Niespecjalnie się broniłeś. Przeciwnie...

– Próbowałem...

Wybuchnęła dźwięcznym śmiechem.

– Masz mnie za dziecko? Wiem, co widziałam.

– A właśnie, że nie wiesz. To ona, nie ja.

– Jak możesz tak mówić, Mark?! – krzyknęła blondynka, patrząc na niego z urazą.

Jaka ona śliczna, myślała Sancha. Jaka młoda! Ale nie jest naturalną blondynką; zdradzał ją widoczny z bliska ciemny odrost. Figura świetna. Szczupła, ale bardzo kobieca. Mocne, strome piersi. Wąska talia, zgrabne nogi. Klejnocik. Było jednak coś, co mogło się w niej nie podobać i co nie wiązało się bezpośrednio z bezczelnym polowaniem na cudzego męża. Czując na sobie baczny wzrok, Jacqui zerknęła na nią i wtedy to coś odsłoniło się wyraźnie. Błękitne oczy zdradzały jakieś wyrachowanie, spryt, cwaniactwo. Wrażenie naiwności, młodości, słodyczy prysnęło jak sen. To była kobieta, która z rozmysłem, jak mały drapieżnik, polowała na swoją zdobycz. Teraz był nią Mark. A ona sama, w roli zdradzonej żony, mogła wyłącznie jej w tym pomagać. Niedoczekanie!

– Cokolwiek ci powiedział, kłamał – odezwała się Jacqui. – Kocha mnie. Jesteśmy ze sobą od dawna.

– Idź na górę, Sancha – nakazał gniewnie Mark. – Pozwól mi to załatwić. Porozmawiamy później. Proszę cię…

– Nie. Porozmawiamy teraz. Nie zostawię cię z nią. – Chciała zachować spokój, ale nie zdołała. – Oszukałeś mnie! Powiedziałeś, że nigdy jej nie kochałeś, że wszystko skończone.

– Bo tak jest!

– Nieprawda! – zaprzeczyła blondynka, patrząc na Sanchę z nienawiścią.

Najchętniej by ją zabiła. Gniewała się na Marka, ale nienawidziła kobiety, która próbowała zniszczyć ich małżeństwo, unieszczęśliwić dzieci. Była przecież młoda, mogła sobie kogoś znaleźć – dlaczego więc uparła się, żeby ukraść jej męża?

– Prawda! – Mark był bardzo blady. – Rozmawialiśmy przed południem, Jacqui, i nie mam nic do dodania. Między nami wszystko skończone.

Blondynka spojrzała na niego. Musiała być bardzo zdenerwowana, bo drżały jej wargi.

– Nie kochasz jej! Gdybyś kochał, nie umawiałbyś się ze mną. Byłeś nią znudzony… nią, małżeństwem, dziećmi. Chciałeś od niej odejść, rozwieść się.

Czy jej to obiecywał? – Sancha była bliska omdlenia.

Jakby czytając w jej myślach, Jacqui zwróciła się do niej:

– Mówił, że odejdzie od ciebie. Przysięgał – dodała gorzko. – Mówił, że wasze małżeństwo się skończyło, że nie sypiacie ze sobą od dawna, że nigdy już do ciebie nie wróci.

Wszystko to brzmiało prawdopodobnie.

– Czy to wszystko prawda? – zapytała drżącym głosem. – Mark... powiedz. Opowiadałeś jej o nas? Jak mogłeś?! – krzyknęła.

– Mów ciszej! – syknął. – Na miłość boską, ciszej, bo obudzicie dzieci.

– Tak się o nie troszczysz? Chyba nie bardzo cię obchodzą, skoro chciałeś od nas odejść?

– Nie możemy rozmawiać tutaj – wycedził przez zęby. – Chcesz, żeby słyszały każde słowo?

– Oczywiście, że nie chcę! – Sancha podbiegła do saloniku i Mark poszedł za nią. Jacqui Farrar ruszyła za nimi. Musi jej być zimno w tej kusej sukience, pomyślała nie wiadomo dlaczego Sancha.

Mark włączył światło i stanął na środku pokoju, z rękami w kieszeniach, tarasując drogę Jacqui.

– Sancha – powiedział bardzo spokojnie – nie zwracaj uwagi na to, co ona mówi. Nie denerwuj się, bo jej właśnie tylko o to chodzi, żeby nas skłócić! Nie rozumiesz?

– Chcę jedynie, żebyś się przyznał. – Do oczu Jacqui napłynęły łzy i stoczyły się po bladych policzkach. – Kochasz mnie, dobrze o tym wiesz. To twoje małżeństwo się rozpadło, nie my. Taka jest prawda. Nie możesz sobie pozwolić na rozwód, bo nie zarobiłbyś na alimenty, ale to mnie kochasz, nie ją!

Sancha czuła się strasznie. Z udręką spojrzała na Marka.

– Czy tak to jej przedstawiłeś? Czy tylko dlatego zostajesz ze mną? Dlatego, że nie stać cię na rozwód?

Byłoby to zupełnie logiczne. Przedsiębiorstwo, w którym pracował, miało poważne problemy finansowe i jeżeli rzeczywiście doszłoby do jego przejęcia przez Graingera, Mark mógł znaleźć się na bruku.

Gdyby się rozwiedli, straciłby ten dom; każdy sąd przyznałby go jej i dzieciom. Poza tym, musiałby co miesiąc płacić alimenty, które zapewne pochłonęłyby znaczną część jego dochodów. Rozwód był sprawą kosztowną.

Zdenerwowany, przeczesał ręką włosy.

– Nie! Na miłość boską, Sancha, ona kłamie. Nie zwracaj uwagi na to, co mówi. Chyba widzisz, do czego zmierza. To znana taktyka – dziel i rządź. Nie pozwól, żeby się jej udało.

– Powiedział, że wciąż cię kocha? – zapytała zjadliwie Jacqui. – Jeśli tak, to kłamie. Przyrzekł mi, że jeśli się z nim prześpię, to odejdzie od ciebie, wystąpi o rozwód i ożeni się ze mną. Nie kocha cię, wierz mi. Tyle tylko, że umie liczyć. Zorientował się, że rozwód będzie go kosztował zbyt wiele, powiedział mi więc, że musimy się przestać widywać, chociaż nadal kocha mnie, a nie ciebie.

Sancha gorączkowo starała się sobie przypomnieć wszystko, co Mark mówił jej w ciągu ostatnich dwóch dni. Mówił wiele, ale jednego nie powiedział z całą pewnością. Zabrakło zapewnienia o miłości. Dlaczego? Bo zapewne w tym względzie nie potrafił kłamać. Poczuła, że oczy napełniają się jej łzami. Zauważył to.

– Dosyć! – wybuchnął, podchodząc do drzwi. – Wychodzisz stąd, Jacqui, i to już! I nie próbuj wracać. Trzymaj się z daleka od mojego domu i mojej żony. Nie spodziewaj się po mnie niczego. Powiedziałem ci, że to koniec, i nie mam nic do dodania. Przykro mi, jeśli cię to boli. Nie powinienem był spotykać się z tobą. Popełniłem błąd, przepraszam, ale nie mamy już o czym mówić.

Wyszedł z pokoju, zostawiając szeroko otwarte drzwi, blondynka jednak nie ruszyła się z miejsca.

– Wszystko, co ci teraz powie, będzie wierutnym kłamstwem – syknęła. – Jesteśmy od dawna kochankami. Nie kocha cię. Zostaje z tobą tylko dlatego, że po prostu nie stać go na rozwód. I co? Odpowiada ci taki mąż?

Sancha najchętniej zakryłaby sobie uszy rękami, ale nie zamierzała odsłaniać przed Jacqui Farrar bezmiaru swojej rozpaczy. Odwróciła się do niej plecami i podeszła do komody, patrząc na rodzinne fotografie w srebrnych ramkach, ustawione nad kominkiem. Roześmiane buzie dzieci, ujęcia z wakacji, zdjęcie ślubne. Pozowali do niego u fotografa, oparci o siebie, uśmiechnięci.

– Formalnie będzie twój, ale jego serce należy do mnie – powiedziała Jacqui i Sancha odwróciła się do niej z wściekłością.

– Nieprawda! To mój mąż i ojciec moich dzieci. Należy do nas i nigdy go nie zdobędziesz. Od samego początku wiedziałaś, że jest żonaty. Dlaczego za nim latałaś?

– Nie latałam. Zakochaliśmy się w sobie.

– Kłamiesz. – Sancha uśmiechnęła się drwiąco. – Możesz robić idiotę z Marka, ale nie ze mnie. Jesteś jedną z tych kobiet, które uwielbiają cudzych mężów. Tylko to cię rajcuje. Ukraść go żonie – o, to jest to. Złodziejka!

– A ty to niby co? Wieszasz się na mężczyźnie, który cię nie kocha. Nie masz chyba godności.

– Na twoim miejscu nie mówiłabym o godności. Jesteś wystarczająco ładna, żeby kogoś sobie znaleźć. Nie musiałaś polować na cudzego męża. I nie próbuj mi wmawiać, że to Mark pierwszy się tobą zainteresował. To ty miałaś na niego ochotę, a ponieważ w naszym małżeństwie pojawiły się pewne problemy, udało ci się wcisnąć między nas. Ale to już przeszłość. Znowu jesteśmy razem.

– Aż do chwili, gdy po raz kolejny poczuje się znudzony – zakpiła Jacqui i w tym samym momencie Mark wrócił do pokoju.

– Zdaje się, że już prosiłem, żebyś opuściła ten dom. – Przeniósł wzrok z Jacqui na Sanchę, a widząc, jaka jest poruszona, zapytał: – Co ci znowu powiedziała?

– Wyłącznie prawdę – stwierdziła butnie Jacqui. – Że kochasz mnie, a nie ją. Sam to przecież wiesz.

Wyciągnęła do niego rękę, ale tylko pokręcił głową.

– Kiedy to wreszcie do ciebie dotrze, Jacqui? Zrozum, między nami wszystko skończone. Żałuję, że się to wszystko w ogóle zaczęło, przykro mi, że cierpisz, ale nie powinnaś była tu przyjeżdżać i denerwować mojej żony. A teraz, proszę cię, wyjdź, nim do reszty stracę cierpliwość.

Chwycił ją za ramię i pociągnął w stronę drzwi.

– Nie dotykaj mnie!

Sancha przestraszyła się, że krzyk Jacqui obudzi dzieci. Nie chciała, żeby cokolwiek słyszały. Mogłoby to wpłynąć na całe ich życie. Ona i Zoe miały rodziców, którzy się kochali i ta miłość dała im w dzieciństwie poczucie bezpieczeństwa. Pragnęła, by jej dzieci mogły również tak samo wspominać swoje najmłodsze lata.

– Weź te łapy! – wrzasnęła znowu Jacqui. – Nie myśl sobie, że pozbędziesz się mnie tak łatwo. Jeszcze z tobą nie skończyłam!

– Ale ja skończyłem – powiedział dobitnie Mark, wyrzucając ją do holu.

Drzwi wejściowe otworzyły się, przez moment słychać było odgłosy przepychanki i wreszcie drzwi zamknęły się z trzaskiem. Zapanowała cisza.

Sancha zamknęła oczy.

Tamtej kobiety już nie było, lecz wraz z nią nie zniknęły udręczające myśli i odczucia. Trudno, żeby ją lubiła, ale było jej trochę żal tej dziewczyny. To prawda, że mogło ją bawić kuszenie cudzego męża, ale przecież kochała go. To nie podlegało dyskusji. Mówiły o tym jej oczy pełne uczucia, gorące słowa, rozpaczliwe zachowanie. Cierpiała. Mark unieszczęśliwił je obie.

Wszedł do pokoju. Czuła, że stoi za nią i próbuje znaleźć słowa, które rozładowałyby atmosferę.

– Tylko już nie kłam – szepnęła. – Mam dosyć kłamstw. Więcej już nie wytrzymam.

– Nie kłamałem. – Jego głos brzmiał spokojnie, lecz stanowczo. – Powiedziałem ci całą prawdę. To Jacqui łgała jak z nut. Rozmawiałaś z nią takim tonem, że sądziłem, iż o tym wiesz. Nie pozwoliłaby mi odejść bez walki. Przeczuwałaś to zresztą… i miałaś rację.

– Oczywiście, tylko że ona też cierpi. Mark, Jacqui naprawdę się w tobie zakochała.

– Daj spokój, Sancha. Nie masz powodu jej żałować. Przyjechała, żeby narozrabiać, i udało się jej to.

– Jak mogę ci wierzyć, skoro tyle przede mną naukrywałeś przez te ostatnie miesiące? – powiedziała z goryczą.

– Od wczoraj nie kryję już niczego. Wiesz wszystko.

– Czy aby na pewno? Skąd mam wiedzieć, co naprawdę łączyło cię z tą kobietą? Zaklinasz się, że nigdy z nią nie spałeś, ale ona twierdzi, że było inaczej. Mówisz, że nie opowiadałeś jej o mnie, a ona, że owszem. Komu mam wierzyć?

Pobladł, a jego podkrążone oczy i zaciśnięte usta wyrażały zmęczenie i ból.

– Znasz mnie od tylu lat i jeszcze pytasz? – powiedział, zaciskając opuszczone po bokach dłonie.

Wolno pokręciła głową.

– Nie mam pewności, czy rzeczywiście cię znam. Zaczynam nawet wątpić, czy w ogóle kiedykolwiek cię znałam.

– To ciekawe, bo myślę o tobie podobnie.

Bała się, że zaraz się rozpłacze.

– Jestem zmęczona – powiedziała. – Mam już wszystkiego dość. Idę do łóżka, a ty... – dorzuciła przez ramię – prześpij się dziś w wolnym pokoju.

– Rozkaz – wybuchnął drwiąco.

Przeraziła się tego tonu, ale nie okazała strachu. Z brodą uniesioną do góry wyszła z pokoju i przemierzyła hol, szumiąc jedwabnymi koronkami. Nagle zrozumiała, że Mark nie da jej spokoju. Szedł za nią cicho. Wbiegła na schody, lecz nim dotarła na górę, dogonił ją. Błyskawicznym ruchem, jedną ręką objął ją w talii, drugą zaś podłożył pod kolana. Znalazła się nagle wysoko, tulił ją do piersi.

– Postaw mnie, Mark, spadnę – szepnęła, bojąc się, że obudzą dzieci. Teraz, kiedy Jacqui Farrar odeszła, dom wydawał się taki cichy... Był to jednak spokój pozorny. Rozsadzały go nagromadzone groźne emocje, które lada moment mogły się rozszaleć.

Nie odpowiedział. Przeszedł korytarzykiem i wniósł ją do sypialni, zamykając nogą drzwi.

– Puść mnie! – szepnęła ze złością, a wtedy rzucił ją na jej łóżko.

Spała zawsze na tym, które stało bliżej drzwi, bo w ten sposób mogła szybciej wstać i wybiec do dziecka, jeśli zawołałoby ją w nocy. Przez całe lata wszystko w jej życiu nastawione było na potrzeby dzieci – nigdy na jej własne, nigdy na Marka. Sądziła, że to naturalne, normalne. Nie miała racji.

Zakręciło jej się w głowie od raptownego upadku, lecz kiedy spojrzała na Marka, zobaczyła, że rozbierał się pospiesznie, rzucając ubrania gdzie popadnie. Część jego garderoby leżała na podłodze, część wylądowała na krześle.

– Dzisiaj tu nie śpisz – powiedziała, siadając.

– A właśnie że śpię i to na tym samym łóżku, co ty – wycedził przez zęby z groźnym błyskiem w oczach.

Musiała odwrócić wzrok, gdyż był już nagi i nagle wyschły jej usta. Pragnęła sycić się jego widokiem, ale zakazywała sobie tego ze wszystkich sił. Wspomnienie niedawnej nocy, kiedy to przyszła do niego stęskniona i kiedy dał jej wyraźnie do zrozumienia, że jej nie chce, było zbyt żywe. Odtrącił ją, a każde odtrącenie boli. Jak na ironię, dziś o żadnym odtrąceniu z jego strony nie było mowy, przeciwnie, dobrze wiedziała, do czego zmierza, ale nie mogła mu na to pozwolić. Wiedziała jednak, że opierać mu się będzie wbrew sobie i najżywszym pragnieniom. Chciała go dotykać, pieścić, poczuć pod palcami ciepło jego skóry, zarost na piersi, płaski brzuch, mocne pośladki i uda. Musiała jednak trzymać go na dystans aż do chwili, gdy wyjaśnią się wszystkie okoliczności i szczegóły jego związku z Jacqui Farrar. Dopiero przyszłość miała pokazać, czy rzeczywiście romans ten dobiegł końca.

– Nie, Mark! Nie będę z tobą spała. – Spróbowała ześliznąć się na podłogę z przeciwnej strony łóżka, lecz chwycił ją wpół i wciągnął z powrotem.

– Nie opieraj mi się, Sancha. Ostrzegam cię. Nie mam dziś ochoty na zabawę.

– Ja również! – Zagniewana podniosła wzrok i natychmiast tego pożałowała. Jedno zerknięcie wystarczyło, by poczuła się ubezwłasnowolniona. Zacisnęła powieki, czując, że zapada się w przepaść. Jeszcze chwila, a roztrzaska się o dno. Gdzie podziała się jej godność, ambicja? Była bezwolna, rozedrgana, oddychała szybko... Musiał to widzieć, słyszeć, rozumieć, co to oznacza.

Wolno rozwiązał tasiemki koronkowego szlafroczka narzuconego na koszulę.

– Też nowy? – zapytał chrapliwie.

Pochylił głowę i dotknął językiem koronki, ledwie osłaniającej jej piersi.

Wstrzymała oddech. To, co robił, było rozkoszne. Kiedy objął ręką jej pierś, miękka i ciepła uniosła się wyżej, wychylając się spod jedwabiu.

– Masz naprawdę śliczne piersi – wymruczał, dotykając ich wargami. – Są nawet ładniejsze, niż kiedy się poznaliśmy, pełniejsze, takie jakieś... cudowne. Nie śmiej się, ale kiedy patrzyłem, jak karmisz Florę, zazdrościłem jej.

Karmienie piersią zawsze sprawiało jej radość, a teraz kusił ją on. Powinna go odepchnąć, ale odczucia, jakie w niej rozbudzał, były tak przyjemne, że nie była w stanie z nich zrezygnować.

Jest coś takiego w kobietach, jakiś wrodzony instynkt, który sprawia, że jeśli czują się naprawdę pożądane, ulegają, niezdolne oprzeć się pokusie ukojenia mężczyzny, tak jak dziecka garnącego się do piersi.

– Pragnę cię – wyszeptał. Jego ręce wślizgnęły się pod nocną koszulę, dotykały jej ud, brzucha, piersi. Ale pożądanie to nie wszystko. Pragnęła, żeby ją kochał. Oparła się na łokciach, spychając go z siebie.

– Nie chcę, Mark. Dopóki się nie dowiem całej prawdy o tobie i Jacqui Farrar...

– Powiedziałem ci wszystko.

– Po czym obejmowałeś się z nią w holu.

– Rzuciła mi się w ramiona, nie zdążyłem się cofnąć.

– Żartujesz.

– Wcale nie. Naprawdę tak było. Otworzyłem jej drzwi i od razu uwiesiła mi się na szyi, próbując mnie pocałować.

– Nie bez powodzenia!

– Nie całowałem się z nią. To tylko ona tak to zaaranżowała... Sancha! Ile razy mam ci to jeszcze powtarzać?

Usiadł, a ona natychmiast odwróciła wzrok, ściągając narzutę z jego łóżka i rzucając mu ją.

– Zakryj się. Inaczej nie da się normalnie rozmawiać.

– A to niby dlaczego? – zadrwił ze złością. – Czyżby moja nagość cię rozpraszała?

– W każdym razie trudno by było o poważną rozmowę – przyznała, pąsowiejąc pod jego spojrzeniem.

– Mnie też trudno jest się skupić, gdy widzę cię taką... Przyspieszony puls aż dławił ją w gardle.

Mark uśmiechnął się z satysfakcją, jakby świetnie odczytywał jej reakcje. Po chwili podniósł się, odrzucił narzutę na swoje łóżko, i podszedł do szafy po szlafrok. Sancha błyskawicznie wśliznęła się pod kołdrę.

– No jak, czujesz się teraz bezpieczniej? – zapytał, zawiązując pasek szlafroka. Usiadł na brzegu jej łóżka. Stanowczo za blisko, pomyślała w popłochu. – Czy naprawdę musimy odbyć tę poważną rozmowę teraz? Nie wiem, jak ty, ale ja jestem zmęczony.

– Nie możemy tego wiecznie odkładać!

– Powiedziałem ci wszystko.

– Nie wierzę. Widziałam wyraz twojej twarzy, kiedy zbiegłam ze schodów. Miałeś oczy winowajcy. Niby dlaczego miałbyś się czuć winny, skoro, jak powiadasz, nie byliście kochankami?

– Nie byliśmy! Ile razy mam ci to jeszcze powtórzyć? Nigdy się z nią nie kochałem! Nigdy! – Westchnął ciężko. – Ale owszem, przyznaję, mam poczucie winy. Nie powinienem był się z nią spotykać. Uwierzyła, że to coś poważnego, a ja pozwoliłem jej w to wierzyć. Podobała mi się, nawet bardzo. Lubiłem ją i być może byłbym się zakochał, gdyby to potrwało dłużej.

– Jesteś pewien, że mimo wszystko się nie zakochałeś?

– Tak. I to przez ciebie. Dlatego, że jesteś. Próbowałem nawet odpowiedzieć jej takim samym wielkim uczuciem, jakie ona mi ofiarowała, ale nie mogłem. Lubiłem jej towarzystwo, dobrze mi się z nią rozmawiało, najpierw głównie o pracy. Kiedyś tobie opowiadałem o wszystkim, ale przestałaś mieć dla mnie czas. Potrzebowałem z kimś porozmawiać.

– Porozmawiać! – syknęła. – Ciekawe, że do tych rozmów wybrałeś sobie bardzo pociągającą dziewczynę. A może w duchu marzyłeś o romansie?

Jęknął głośno.

– Nie wytrzymam. Jeszcze raz powtarzam, że o niczym takim nawet nie pomyślałem. Przynajmniej na początku. Tak to już jest. Pierwszy krok robi się niebezpiecznie łatwo. Je się razem kolację, rozmawia o pracy, pojawia się potrzeba zwierzeń… I tak to się niewinnie zaczyna, a kończy piekłem.

Tak. Od momentu, gdy dostała ten anonim, żyła jak w piekle. Nie potrafiła teraz nawet przypomnieć sobie, kiedy dokładnie to miało miejsce. Czas był tu bez znaczenia. Nieważne, czy upłynęły tygodnie, czy tylko dni.

– Przysięgam, że nie chciałem, żeby moja znajomość z Jacqui przerodziła się w romans – powiedział zmęczonym głosem.

– A myślałeś, że co z tego wyniknie? Że się zaprzyjaźnicie jak na skautowskiej wieczorynce?

– Proszę cię, nie ironizuj. Wierz mi, na początku nie zdawałem sobie sprawy, w co brnę, a kiedy się zorientowałem, było już za późno.

– Za późno, żeby co? – drążyła dalej. – Żeby z tym skończyć?

Słuchanie o tym, co łączyło Marka z Jacqui Farrar, było nie do zniesienia, ale musiała poznać prawdę. Inaczej nie potrafiłaby z nim żyć.

– Nie o to chodzi. Nic nas już nie łączy, ale, zrozum, ta biedna dziewczyna cierpi. Cierpi przeze mnie. Dlatego czuję się winny. Powinienem był przestać się z nią widywać już wtedy, gdy uświadomiłem sobie, że ona... że traktuje to poważnie.

Sancha pokiwała głową, pewna, że tym razem nie kłamał. Martwiły ją już jedynie prawdopodobne konsekwencje. „Jeszcze z tobą nie skończyłam..." Słowa Jacqui mogły być jedynie pustymi groźbami, które rzucała w rozpaczy, ale jeśli wiedziała, co mówi? Czym się to mogło skończyć? Napięty wyraz twarzy Marka wskazywał na to, że i on obawia się dalszych konsekwencji.

– Ona się nie podda – powiedziała drżącym głosem. – Boję się, Mark. Zwariowała na twoim punkcie, może zrobić wszystko.

– Ponosi cię wyobraźnia.

Bagatelizował zagrożenie, ale wyraz jego oczu zdradzał, że jest bardzo zaniepokojony. Znał Jacqui Farrar i wiedział, do czego jest zdolna. Nie chciał jedynie podsycać jej lęku.

– Dobrze wiesz, że nie – szepnęła.

– A co ona właściwie może nam zrobić? Dopóki jesteśmy razem, nic.

– Nie wiem – powiedziała powoli. – Wiem tylko, że na pewno spróbuje.

ROZDZIAŁ ÓSMY

Siedzieli chwilę w martwej ciszy.

– Jesteś zmęczony – odezwała się zaniepokojona jego przygnębieniem. – Ja też. Idź spać.

Spojrzał na nią z pytaniem w oczach. Zrozumiała je od razu, ale pokręciła głową.

– Nie. Myślę, że lepiej będzie, jeśli się dziś prześpisz w osobnym pokoju. Potrzeba czasu, żeby to wszystko jakoś sobie od nowa ułożyć.

– A ile twoim zdaniem to będzie trwać? – zapytał podminowany. – Jak długo jeszcze mam czekać?

– Nie wiem. Czy coś takiego da się ustalić? Przyjdzie chwila, że...

– Sancha... – wymruczał chrapliwie, wyciągając do niej rękę.

Patrzyli na siebie w milczeniu. Wciąż jeszcze zadawał jej to samo pytanie, błagając bez słów, i tym razem nie potrafiła odpowiedzieć równie stanowczo.

Nagle w ciszę wdarł się głosik Flory. Sancha zamieniła się w słuch, ale krzyk się nie powtórzył i znowu zapanowała cisza. Mark cofnął rękę.

– Wybrała sobie moment – burknął ze złością.

– Nie da się rozmawiać, gdy dzieci są obok – przyznała zmienionym głosem. A jeszcze trudniej, pomyślała, cieszyć się sobą, gdy trzeba ciągle liczyć się z tym, że dziecko zacznie wołać albo wpadnie do sypialni w najmniej odpowiednim momencie. Trudno oddawać się prawdziwej namiętności, gdy nie można zapomnieć o dziecku, stojącym być może za drzwiami. Czy również i to nie skazało ich na życie obok siebie?

Zakochanie nie trwa wiecznie. Pierwszy rok, dwa lata małżeństwa mijają w zauroczeniu, ale codzienność przyćmiewa blask, tyle że na ogół jesteśmy zbyt zapracowani, żeby dostrzec, co się dzieje. Miłość stopniowo zmienia swoje oblicze, staje się mniej angażująca. Fascynacja przechodzi i to, co zostaje – jeśli w ogóle masz szczęście – jest właśnie samą miłością. Tą zwykłą, codzienną, bez wzlotów i upadków, które pamiętasz z okresu zakochania.

Być może to właśnie nie odpowiadało Markowi, myślała Sancha. Może taka zwykła miłość mu nie wystarcza. Może pragnął wciąż tamtych pierwszych, fascynujących wrażeń?

– Przydałoby się nam parę dni tylko we dwoje, bez nich. Jak myślisz, czy Zoe mogłaby…

Roześmiała się, wyobrażając sobie reakcję swojej siostry, gdyby jej to zaproponowała.

– Nic z tego. To ponad jej siły, a Flora czasami chyba w ogóle ją przeraża.

– Nic dziwnego. Mnie też. To jakieś dzikie dziecko.

– Jak możesz tak mówić?! Jest jeszcze malutka.

– Malutka?! Za to bałagan robi niemalutki. Siedzi w kojcu i rzuca zabawkami po całym pokoju, dzikuska jedna!

Trudno było temu zaprzeczyć i Sancha roześmiała się.

– Ano właśnie! – powiedział cierpko Mark. – Jest jaka jest, ponieważ ty i Martha zawsze się tylko śmiejecie z jej głupich pomysłów.

– Martha ją uwielbia.

– Wiem… A może… – Spojrzał na Sanchę z namysłem. – Może by ona mogła zabrać Florę i chłopców do siebie na cały weekend? Jak myślisz?

– Chyba tak. Zawsze z chęcią się nimi opiekuje przez parę godzin. Gdyby jeszcze Zoe zgodziła się pomóc, to znaczy, gdyby na przykład zabrała chłopców na sobotę… Z nimi lepiej sobie radzi.

– Twoja siostra w ogóle ma niezły kontakt z płcią przeciwną – zaśmiał się Mark.

Zawtórowała mu.

– Zawsze tak było. Pamiętam, że nawet kiedy byłyśmy jeszcze zupełnie smarkate, robiła wrażenie na chłopakach. Mnie nigdy nie zauważali.

– Bo nie mieli oczu. – Uśmiechnął się, widząc, że się rumieni. – Ja na przykład nigdy nic w niej nie widziałem.

Tak było od samego początku, kiedy tylko się poznali. Obawiała się, że kiedy Mark zobaczy Zoe, od razu się w niej zakocha, podobnie jak wcześniej zdarzyło się to paru innym jej chłopcom. Tymczasem zachował się tak, jakby w ogóle nie istniała dla niego jako kobieta. Chyba nigdy mu tego do końca nie darowała.

– A wiesz, dlaczego nie wyszła do tej pory za mąż i pewnie nie wyjdzie? – zapytał. – Bo jej nie wystarczy jeden mężczyzna. Musi być adorowana przez cały zastęp.

Sancha była nieco dotknięta opinią Marka.

– Jesteś niesprawiedliwy – powiedziała. – Zoe po prostu nie spotkała jeszcze nikogo, kto by jej naprawdę odpowiadał.

Uśmiechnął się.

– Twoja siostra jest w porządku, nawet ją trochę polubiłem, ale wybacz, oceniam ją realistyczniej niż ty. Zoe jest bardzo egoistyczna, skoncentrowana wyłącznie na sobie. Mogła mieć zawsze prawie każdego faceta, o jakim przez moment zamarzyła, więc nad żadnym nie chciało się jej dłużej zastanowić. Ciągle się jej wydaje, że trafi lepiej. No, ale nieważne... Wróćmy do ciekawszych spraw... A zatem, czy porozmawiasz z Marthą i Zoe na temat naszego weekendu?

– Może uda mi się to zrobić w poniedziałek – odrzekła niepewnie. Zarówno Martha, jak Zoe zrobiły już tyle dobrego. Zoe poświęciła Florze przedpołudnie, a Martha całej trójce dzisiejszy dzień.

– Wspaniale! Gdyby jeszcze nasza miła sąsiadka mogła wziąć dzieciaki na najbliższy weekend! Im szybciej, tym lepiej.

Mówił to tak ochoczo, że zarumieniona szybko odwróciła wzrok. Jakże łatwo byłoby się teraz poddać, zapomnieć o Jacqui Farrar. Wiedziała jednak, że ich małżeństwo ma szansę przetrwać tylko wtedy, gdy oboje będą nad tym pracować.

– Nie zapominaj, że poświęciła im już cały dzisiejszy dzień – przypomniała.

– Wiem – westchnął. – Ale zobaczymy, co powie.

– Dobrze, Mark. – Zerknęła na zegarek. – Jestem bardzo zmęczona.

Wstał, po czym pochylił się i bardzo lekko, miękko pocałował ją w usta.

– Dobranoc, Sancha.

– Dobranoc – szepnęła, walcząc ze sobą. Tak cudownie byłoby się teraz poddać.

Patrzył na nią jeszcze przez moment, a potem niechętnie

zabrał swoje ubrania i wyszedł. Odprowadziła go tęsknym spojrzeniem. Jakże pragnęłaby go zawrócić, kochać się z nim tej nocy!

Rozum jednak nakazywał odczekać, choć zapewne wiązało się to z poważnym ryzykiem. Czyż nie ryzykowała utraty Marka, wystawiając jego cierpliwość na ciężką próbę? Farrar wszakże nie rozpłynęła się w powietrzu ani nie pogodziła się z utratą Marka. Z pewnością obmyślała kolejny ruch. Nigdy, w żadnym wypadku, nie kazałaby mu czekać. Przy pierwszej sposobności chwyciłaby go jak swojego. Czy więc ona również nie powinna tak postąpić?

Zgasiwszy światło, Sancha leżała w ciemności, wsłuchana w ciszę domu. Nie, nie powinna. W małżeństwie konieczne jest zaufanie i miłość. Bez nich nie da się budować wspólnego życia. Z sąsiednich pokojów dobiegały znane odgłosy – ciche westchnienia przez sen, szelest pościeli, skrzypnięcia łóżek. Świadomość, że ma ich wszystkich – Marka i dzieci – obok, że są razem, bezpieczni pod jednym dachem, napawała ją spokojem i radością. Byli rodziną, w której wszyscy wzajemnie się potrzebowali.

To o tym właśnie zapomniała po urodzeniu Flory. Była tak obsesyjnie nastawiona na dzieci, że uszły jej z pola widzenia potrzeby Marka oraz jej własna potrzeba miłości. Wiedziała, że nigdy już nie pozwoli sobie na podobny błąd.

Nęcący zapach kawy podrażnił jej nozdrza. Powoli otworzyła zaspane oczy i uniosła głowę. Było widno. Mark, w dżinsach i swetrze, siedział przy niej na łóżku.

– Która to godzina? – Ocknęła się, natychmiast przypominając sobie o obowiązkach, i usiadła. – Flora... – pomyślała głośno, patrząc z niepokojem na Marka.

– Jest na dole w kojcu. Ogląda film rysunkowy w telewizji razem z chłopcami. Przyniosłem ci kawę i grzankę. Jadłem śniadanie z dziećmi. – Podał jej talerzyk z posmarowaną masłem grzanką. – Proszę.

– Zrobiłeś im śniadanie? Ty? – zapytała z niedowierzaniem.

– I co się tak dziwisz? Owsiankę przygotowałem w mikrofalówce... instrukcje były proste, nic nie wykipiało, a Flora... Chyba się najadła, chociaż okropnie upaćkała i siebie, i krzesełko. – Twarz Marka jaśniała w uśmiechu. – Jedz, bo ci całkiem wystygnie.

Odsłonił firanki i do pokoju wlało się słoneczne światło. Kątem oka uchwyciła nagle swoje odbicie w lustrze toaletki. Rozczochrane włosy, twarz zaróżowiona od snu, nocna koszula zsunęła się z jednego ramienia. Jak ja wyglądam? – pomyślała w popłochu.

– Wyglądasz bardzo pociągająco – wymruczał, odgadując jej myśli. – Najchętniej zaraz bym ci się wpakował do łóżka, ale – uśmiechnął się kpiarsko na widok mocnych rumieńców, które wpłynęły na jej policzki – chyba lepiej będzie, jeśli zejdę na dół. Trzeba mieć na nich oko – westchnął. – A zwłaszcza na nią. Jeszcze wyjdzie z kojca i narozrabia.

– O tak – uśmiechnęła się. – Wystarczy chwila nieuwagi.

Mark nachylił się i czule pocałował ją w odkryte ramię. Najchętniej zarzuciłaby mu ręce na szyję i przyciągnęła do siebie, lecz od razu się wyprostował.

– Poleż sobie jeszcze – powiedział serdecznie. – Nie musisz dziś martwić się o obiad. Pojedziemy wszyscy na spacer do lasu i zjemy coś w jakiejś knajpce, na przykład w „Łabędziu". Dobry pomysł?

– Wspaniały.

Kiedy wyszedł, dopiła kawę, wstała i nie spiesząc się, zrobiła sobie kąpiel.

W białej plisowanej spódnicy i żółtej bluzce, starannie uczesana i umalowana, zeszła na dół. Wysprzątana czyściutko kuchnia wyglądała tak, jakby nikt w niej niczego nie gotował ani nie jadł. Cała rodzina siedziała w saloniku. Wpatrzone w ekran telewizora dzieci ledwie podniosły głowy, kiedy weszła, ale Mark objął ją takim spojrzeniem, że znowu się zarumieniła.

– A już się bałem, że jak zwykle włożysz dżinsy.

Zaśmiała się, kręcąc głową.

– Jesteś gotowa? – zapytał miękko. – Bo my tak, prawda, dzieciaki?

Chłopcy zerwali się z miejsc, któryś z nich wyłączył telewizor, budząc gorący sprzeciw Flory.

– Jedziemy? Tato, wyprowadź samochód! Flora, zamknij się! Jedziemy do lasu!

Wypadli na dwór. Byli już obaj całkowicie ubrani. Mieli na sobie dżinsy i czyste koszule, a na nogach sportowe obuwie. Mark ruszył za nimi.

– Zapakowałem już koszyk z piciem i owocami – rzucił przez ramię. – Chodź!

Flora wyciągnęła ręce do matki. Sancha wyjęła ją z kojca, widząc, że też jest już przygotowana do drogi. Pachniała czystością, nawet była uczesana. Mark ubrał ją w jej ulubiony koralowy kombinezonik. Pasował odcieniem do rudych włosów i wyglądała w nim prześlicznie. Pod spodem miała białą koszulkę.

Sancha nie mogła wyjść z podziwu nad sprawnością Marka. Kiedyś, dawno temu, od czasu do czasu pomagał jej przy dzieciach. Ostatnio jednak był zawsze taki zapracowany albo zmęczony, że nawet nie pytał, czy mógłby w czymś pomóc, a prawdę mówiąc i ona sama przestała od niego czegokolwiek oczekiwać. Jak łatwo o przyzwyczajenia, które zamieniają się w rutynę! Przemija dzień za dniem i z biegiem czasu zapominamy, że w ogóle można żyć inaczej. Tracimy z oczu to, co było na początku. Przestajemy się wzajemnie zauważać, dotykać, całować; osobno zasypiamy i osobno się budzimy. Nasze drogi rozchodzą się tak dalece, że stajemy się sobie niemal obcy. Przychodzi kryzys i nasze małżeństwo jest zagrożone.

Czy Mark to dostrzegł? Zapewne. Czy bowiem nie dlatego zajął się dziećmi, zrobił im śniadanie, a jej przyniósł kawę do łóżka? Starał się pokazać, że naprawdę zależy mu na tym, żeby ich wspólne życie znowu się ułożyło. I była z tego powodu bardzo szczęśliwa.

Wyjeżdżała z domu z sercem przepełnionym nadzieją. Nie pamiętała już, kiedy wybierali się gdzieś razem, jako rodzina. Dzieci uszczęśliwione, że jadą na wycieczkę z ojcem, mówiły jedno przez drugie, przerzucając się uwagami na temat obserwowanej drogi.

Zaraz za miastem wyjechali na starą rzymską drogę. Całymi kilometrami biegła ona prosto jak strzała i w pewnym momencie przecinała lasy. Mijali domki letniskowe stojące w ogrodach pełnych bzu, ciemnoniebieskich lilii i wonnego laku. Jego pomarańczowe, brunatne i żółte kwiaty pachniały mocno, wywołując w Sanchy wspomnienia z dzieciństwa. Jej ojciec hodował laki w ogrodzie. Uwielbiała ten zapach.

Minęli ostatni domek i znaleźli się w lesie. Mało kto ze współczesnych wycieczkowiczów, którzy przyjeżdżali tu na weekendy, wiedział, że początków tego lasu szukać by trzeba aż w XI wieku, kiedy to posadzono go z myślą o królewskich polowaniach. Wioski zrównano z ziemią, chłopom kazano się wynosić.

Sancha pokazywała synom drzewa, wymieniając ich nazwy. Mówiła: dąb, jesion, buk, głóg, leszczyna, ale słuchali nieuważnie.

– Tato, kiedy wreszcie wysiądziemy? – pytali niecierpliwie.

– Zaraz za zakrętem. – Chwilę później zwolnił i wjechał na przydrożny parking, na którym stało już kilka samochodów.

Było to miejsce dobrze znane amatorom pikniku. Przyjeżdżano tu, kiedy tylko pogoda dopisała. Nawet zimą las pełen był ludzi z psami i na koniach.

Dzieci natychmiast wygramoliły się z samochodu. Dla Flory zabrali spacerówkę, ale stanowczo odmówiła skorzystania z niej.

– Flora pochodzi – oznajmiła stanowczo mamie, uciekając jej i wołając za chłopcami, żeby na nią poczekali. Oczywiście na próżno.

– Jak się zmęczy, będzie chciała do wózka, więc lepiej go jednak weźmy – powiedziała Sancha do Marka.

Wziął ją za rękę i idąc, machał nią w rytm kroków. Od razu poczuła się młodziej. Przypomniały się jej czasy, gdy spacerowali tak tylko we dwoje, szczęśliwi i wolni. Jakże to było dawno!

– Chłopcy powinni już niedługo zacząć jeździć na koniach, są już duzi – powiedział Mark. – Będę ich tu przywoził w niedziele rano.

– Bardzo by się cieszyli. – To prawda, pomyślała. Tylko

jak długo wywiązywałby się z podjętego zobowiązania?
Musiał często pracować w weekendy, wobec czego obowiązek przywożenia chłopców na lekcje jazdy spadłby na
nią. I, naturalnie, Flora... Kiedy by tylko usłyszała, że
bracia jeżdżą na koniach, też by się tego domagała. Sancha
wyobrażała już sobie nie kończące się histerie.

W lesie było kilka przesiek, na których darń wygryziona
była niemal do korzeni. Przychodziły tu sarny, których co
prawda nikt nie widział, ale gdzieś tam sobie żyły. Przesypiały dnie w jeżynach i wysokich trawach, z dala od ludzkich oczu, a pasły się nocami, gdy nikt im już nie przeszkadzał.

Śródleśne polanki były rajem dla oczu. Na biało kwitł
płożący się szczaw, na żółto szczawiki, otwierające się
jedynie w pełnym słońcu, i koniczyna. Miejscami zauważyć też można było niebieskie kwiatuszki lnu, wykę i fioletową lnicę, w której chłopcy rozpoznali od razu krewniaczkę lwiej paszczy.

– Patrzcie! Malutkie lwie paszcze – ucieszył się Felix.

– Ich dzieci – zgodził się jego brat.

– To po prostu dzika odmiana tego kwiatka – poprawiła
synów Sancha.

Charlie wyciągnął już rękę, ale ojciec powstrzymał go:

– Nie zrywaj! Zwiędną, nim dowieziesz je do domu,
a mógłbyś uszkodzić korzonki.

– Ja chcę kwiatka – zawołała Flora i od razu w jej
oczach pojawiły się łezki.

– Nie chcesz chyba, żeby zwiądł – stanowczo sprzeciwił się Mark.

– Kocham kwiatki! Chcę mieć! – Wyciągnęła pulchną
rączkę, żeby zerwać drżącą kiść niebieskiego lnu, spoglą-

dając na ojca z dzikim uporem, ale potrafił być tak samo uparty.

– Nie zrywaj tego, Floro – powiedział surowo. – Bo inaczej bardzo się na ciebie pognimam.

Dziewczynka zwróciła się do matki, wyciągając w górę rączki.

– Zły człowiek. Zły tata – zapłakała.

Sancha wzięła ją na ręce i masując jej plecki, mruczała coś uspokajającego.

– Chcę kwiatka – marudziła Flora. – Mamusiu, ja chcę...

– Nie, kochanie, słyszałaś, co tatuś powiedział. Biedny kwiatuszek umrze, jeśli go zerwiesz. Nie chcesz, żeby umarł, prawda?

Flora rozszlochała się jeszcze głośniej.

– Do wózka – mruknął ze złością Mark i Sancha kiwnęła głową. Flora się zmęczyła i jak zwykle w takiej chwili stawała się nieznośna.

Chłopcy pobiegli w las. Słychać było, jak krzyczą, przeskakując paprocie. Sancha przypięła Florę paskami do spacerówki i Mark popchnął wózek.

– Nie! – krzyknęła mała. – Chcę biegać! Chcę się bawić z Charliem!

Kopała zawzięcie wózek, ale nie zwracali na to uwagi, idąc powoli w stronę cienia. Słońce przebłyskiwało między młodymi liśćmi drzew, kładąc na ścieżce ruchome cienie. Ta gra świateł musiała zrobić na Florze wrażenie, gdyż zafascynowana umilkła. Mark znowu wziął Sanchę za rękę. Ich palce splotły się. O, jak dobrze, pomyślała, czując, że wlewa się w nią spokój.

– Gdyby doszło do najgorszego – powiedział – być

może dostanę pracę u Harry'ego Abbeya. Pamiętasz go? Taki potężny facet, trochę starszy ode mnie, łysiał, kiedy go ostatnio widziałem. Przez parę lat, nim otworzył własną firmę w Yorkshire, był u nas dyrektorem. Dzwonił do mnie w zeszłym tygodniu i powiedział, że wie o naszych kłopotach i jeślibym szukał pracy, to mam najpierw zatelefonować do niego.

– Ładnie, że się odezwał.

– Przyzwoity chłop. Firmę ma niedużą i naturalnie zarabiałbym u niego o wiele mniej niż teraz, ale jedno mi w tej propozycji naprawdę pasuje. Pracowałbym więcej na budowach niż w biurze, byłbym w ruchu. Za biurkiem nigdy nie czułem się dobrze.

– Wiem – uśmiechnęła się. – Czyli że nie ma tego złego, co by na dobre nie wyszło.

– No tak, ale musielibyśmy się przenieść i to daleko. Finansowo też by to nie wyglądało różowo.

– Poradzimy sobie. Najważniejsze, żebyś ty był zadowolony. Słyszałam, że na północy ceny parceli są znacznie niższe. Gdybyśmy sprzedali naszą i kupili mniejszą w Yorkshire, to jeszcze by nam zostało trochę grosza.

– To prawda. Ale wiesz, gdyby już do tego doszło, to zastanawiałbym się, czy nie kupić czegoś starszego... może jeszcze z czasów wiktoriańskich – a za to większego. Tak byłoby znacznie taniej. Mielibyśmy więcej miejsca, a pewne rzeczy przerobiłbym sam. Na nowo urządziłoby się kuchnię, unowocześniłbym łazienki. A wszystko za połowę ceny, którą musiałbym zapłacić, najmując ludzi.

– Fantastycznie! – rozpromieniła się Sancha. – Pomogę ci, będziemy pracować razem.

– Tak jak dawniej, pamiętasz? – Ścisnął jej dłoń. – Jak

w naszym pierwszym domu! Przypominasz sobie, jaka to była na początku rudera? Chyba rok ją urządzaliśmy.

– Mama, popatrz, wiewiórki! – głośno zawołał Charlie. Obaj chłopcy stali na ścieżce z zadartymi do góry głowami, wpatrzeni w gałęzie.

– Cicho! Flora usnęła, nie budź jej – upomniała go łagodnie.

– Chodźcie, zagramy w krykieta – zaproponował Mark. – Na końcu tej ścieżki jest większa polanka.

– Nie mamy czym – stwierdził lakonicznie Felix.

– Mamy. O, proszę! – Mark podniósł do góry wiklinowy koszyk, który przez cały czas niósł. – Dwa kije i piłeczka.

– Hura! – Obaj chłopcy pobiegli co tchu ścieżką, a ojciec szybko poszedł ich śladem.

Po chwili byli na polance, gdzie grało już parę osób. Kiedy Sancha dotarła tam z wózkiem, zdążyli już wypakować koszyk. Butelka lemoniady, plastikowe kubki i jabłka znalazły się na trawie. Wszyscy trzej zajmowali się ustawianiem z gałązek leszczyny palików do gry. Sanchę zaproponowano do ataku, Mark był serwującym, jako pierwszy piłkę wyrzucił Felix.

Gdy chłopcy nabiegali się do utraty tchu, usiedli we czwórkę, żeby napić się lemoniady i zjeść po jabłku. Flora nadal spała smacznie w swoim wózeczku z rozstawioną parasolką. Miała zaróżowioną buzię i otwarte usta. Mark przyglądał się jej przez chwilę.

– Taką ją lubię najbardziej – powiedział z uśmiechem.

Sancha wiedziała dobrze, co miał na myśli. To dziecko potrafiło dać do wiwatu. Prawda, tyle że…

– Kochany szkrab – powiedziała to, co pomyślała minutę wcześniej. – Nie rozstałabym się z nią za żadne skarby świata.

– Wiem, wiem. Ja pewnie też, ale jednak najlepsza jest, kiedy śpi.

Zbliżało się południe i słońce przypiekało coraz mocniej. Powietrze przesycone było soczystym zapachem traw i paproci i brzęczeniem owadów. Czując senność, Sancha położyła się na trawie przy wózku, z głową w cieniu dębu rosnącego na skraju polanki. Zamknęła oczy i zapadła w półsen, słysząc głosy synów bawiących się w tropicieli.

Coś, chyba jakaś mucha usiadła jej na nosie. Nie otwierając oczu, machnęła ręką, żeby ją odgonić, ale po chwili znowu zaczęła się naprzykrzać. Poczuła ją na policzku, a wreszcie na powiece. I nagle przez rzęsy spostrzegła źdźbło trawy i opalone palce Marka. Delikatnie przeciągnął łodyżkę po nosie i wargach, nachylając się nad nią. Kiedy poczuła leciutki pocałunek, podniosła rękę i objęła go za szyję. Szum lasu, śmiech i okrzyki dzieci oddaliły się nagle. Nie otwierając oczu, Sancha poszukała policzka Marka jak ślepiec, który dotykiem pragnie odgadnąć kształt. Tej twarzy nie można było zapomnieć.

Mark wymruczał coś tuż przy jej wargach i przygarnął ją do siebie, lecz niemal w tej samej sekundzie z transu wyrwał ich głośny płacz. To Charlie właśnie się przewrócił. Mały, biedny Charlie zawsze był mniej zręczny od Felixa. Sancha poderwała się z trawy.

– Do diabła – westchnął ciężko Mark.

Wrzask Charliego obudził Florę. Zatrzepotała powiekami i wystraszona wydała z siebie przeraźliwy pisk.

– O, nie, jeszcze i ona… – Mark niechętnie podniósł się z ziemi.

– Mamusiu, boli! – wrzeszczał Charlie, pokazując podrapaną przez jeżyny łydkę.

– Moje biedactwo – powiedziała, całując lekko skaleczone miejsce. – Już lepiej? – dopytywała się, udając, że nie zauważa drwiącego spojrzenia Marka, i ocierając synkowi łzy chusteczką.

Po chwili uspokojony chłopczyk odbiegł, by wesoło bawić się z bratem i innymi dziećmi. Sancha podała Florze kubek lemoniady. Szloch zastąpiły odgłosy łapczywego picia. Mark patrzył i słuchał tego wszystkiego z wyrazem przerażenia.

– Kompletna dzikuska – powiedział.

– Cicho. – Sancha odgarnęła rude włosy z purpurowej twarzyczki. – Ona jest śliczna. Prawda, aniołku, że jesteś śliczna?

– Aniołek?! Matczyna miłość jest naprawdę ślepa – roześmiał się i zerknął na zegarek. – Warto by coś zjeść, nie uważasz?

– Jestem głodna jak wilk – przyznała. – To chyba przez to świeże powietrze.

– Plus rozmaite emocje. – Droczył się z nią, obserwując z uśmiechem, jak się czerwieni.

Chłopcy nie chcieli zrezygnować z gry i nowych kolegów, ale Mark zaczął pakować rzeczy, a chwilę później zabrał obu, choć protestowali zawzięcie. Kiedy ciągnął ich ścieżką w stronę parkingu, darli się wniebogłosy. Florę natomiast interesowało wszystko. Wyspana i na dobre już obudzona, głośno zachwycała się liśćmi, motylami, wiewiórkami. Była tak chłonna i spragniona odkryć, że przez moment Sancha pozazdrościła jej żywiołowej radości poznawania. Jakie to cudowne mieć dwa lata, widzieć i poznawać świat po raz pierwszy!

Coś podobnego odczuwała teraz wobec Marka. Zaczynali wszystko od nowa i nawet perspektywa wyprowadzenia się z wygodnego domu wydawała się jej niemal ekscytująca.

Na parkingu przy „Łabędziu" ledwie znaleźli miejsce, jednakże w przepełnionej restauracji czekał na nich stolik zarezerwowany wcześniej przez Marka.

Sancha była tak zajęta pilnowaniem, żeby chłopcy zjedli wszystko, a Flora nie ubrudziła siebie i stołu, że sama ledwie co skubnęła. Jedli deser, gdy nagle spostrzegła, że podnosząc do ust kieliszek z białym winem, Mark znieruchomiał i utkwił wzrok w czymś za jej plecami.

Na ścianie za nim znajdowało się ogromne lustro. Sancha spojrzała w nie i struchlała. Po drugiej stronie sali stała Jacqui Farrar. Była sama, przynajmniej w tym momencie nikt jej nie towarzyszył. Na jej widok wiele głów podniosło się znad talerzy. Zwłaszcza męskie oczy śledziły ją z uwagą. Nic dziwnego. W prostej sukience z błękitnego jedwabiu, białych pantofelkach na wysokim obcasie i malowniczym białym kapeluszu na złotych włosach wyglądała olśniewająco. W porównaniu z nią Sancha od razu wydała się sobie niechlujna. Co prawda przed lunchem uczesała się w toalecie, doprowadziła do jakiego takiego wyglądu białą spódnicę, na której odcisnęła się trawa, nałożyła błyszczyk na usta i przypudrowała twarz. Nic jednak nie mogło zmienić faktu, że była matką trojga dzieci i miała dobrych parę lat więcej niż ta blondynka. Samo patrzenie na Jacqui Farrar sprawiało, że czuła się staro.

Co za pech, że znalazła się tutaj i to o tej właśnie porze. „Łabędź" był ulubioną restauracją niedzielnych turystów, ale Jacqui Farrar nie wyglądała na turystkę wracającą ze spaceru po lesie. Tak szykownie ubrana mogła się raczej wybierać na jakieś garden party czy wyścigi. Co za licho ją tu przyniosło i po co?

Całe szczęście, że natknęliśmy się na siebie w miejscu publicznym, myślała Sancha. Nie odważy się robić scen przy obcych ludziach, a zwłaszcza w obecności dzieci. Jakby czytając w jej myślach, Jacqui Farrar weszła między stoliki, kierując się prosto w ich stronę.

ROZDZIAŁ DZIEWIĄTY

Mark rzucił Sanchy spojrzenie przez stół.

– Nic się nie stało. To jeszcze nie trzęsienie ziemi – powiedział uspokajająco. – Nie wiem, dlaczego ona tu jest, ale zaraz załatwimy tę sprawę.

Podniósł się i zanim Jacqui zdążyła dojść do ich stolika, podszedł do niej.

– Dokąd tata poszedł? – zapytał Felix, oglądając się za ojcem. – Kim jest ta pani?

– Znajoma z pracy tatusia. Jedz swoje lody, syneczku. – Sancha starała się mówić spokojnie. W żadnym razie nie wolno jej było niepokoić dzieci. Nikt nie odbierze im wspaniałego dnia ani pięknych wrażeń z wycieczki z ojcem. Ona nie pozwoli na to.

– Prawie skończyłem – powiedział Felix. – Mamusiu, czy mogę spróbować trochę twojej melby? Nie jesz? Nie smakuje ci?

– Nie bardzo. – Przełożyła parę łyżeczek czekoladowego przysmaku do pucharka syna. Zupełnie straciła apetyt, kiedy więc Charlie też przymówił się o dokładkę deseru, bez słowa oddała mu wszystko, pochłonięta bez reszty tym, co działo się na środku sali.

Mark i Jacqui rozmawiali przyciszonymi głosami, a na ich twarzach malowało się napięcie. W pewnej chwili

Mark zdecydowanym ruchem wziął ją pod ramię, zamierzając najwyraźniej wyjść z restauracji.

Sancha znieruchomiała. Zauważyła, że cała ta scena wzbudziła zainteresowanie gości. Przyglądano się nie tylko dziwnej, szepczącej parze, ale i jej samej, i dzieciom. Upokorzona i zdenerwowana, marzyła już tylko o tym, żeby po prostu jak najszybciej wyjść, ale ktoś musiał zapłacić rachunek, a dzieci nie dokończyły jeszcze deseru. Była zmuszona poczekać na Marka.

Zapatrzona w lustro, spuściła Florę z oczu. Nagle rozległ się jakiś dziwny dźwięk.

– Flora! Co ty wyrabiasz?! Ach, ty paskudo!

Dziewczynka włożyła rękę do pucharka z lodami i bawiła się w najlepsze, przepuszczając je przez palce. Cały kombinezonik upaćkany był na zielono i różowo.

– Ja maluję – powiedziała chytrze, przypatrując się z dumą swojemu dziełu.

– Bardzo brzydko się zachowujesz. – Sancha odstawiła pucharek i pochyliła się, próbując oczyścić ubranko chusteczkami kosmetycznymi.

– Oddaj! – krzyknęła Flora, usiłując odzyskać swoje „farby" i kopiąc z całej siły w nogi krzesła. – Oddaj!

Widząc, co się dzieje, kelner podszedł szybko do stołu i zaczął sprzątać wszystko, co mogło się stłuc.

– Zamawia pani kawę? – zapytał niezbyt przyjaznym tonem.

– To moje! Oddaj! – wrzasnęła Flora, próbując wyrwać mu swój pucharek.

Czerwona ze zdenerwowania Sancha podniosła dziewczynkę z krzesła i posadziła ją sobie na kolanach.

– Nie, dziękuję. Czy mogę prosić o rachunek?

– Naturalnie. – Kelner skłonił się sztywno i zniknął, ale zanim wrócił z rachunkiem, pojawił się Mark.

Na jego widok Sancha poczuła, jak ze zdenerwowania łomocze jej serce. Czy zawsze już będzie skazana na niepewność? Czy to się nigdy nie skończy? Z wyrazu jego twarzy nie potrafiła odgadnąć nic oprócz tego, że jest rozgniewany. Tylko na kogo? Na Jacqui Farrar, czy na nią?

Mimo wszystko jednego wciąż nie była pewna. Obawiała się, czy w głębi duszy nie pragnąłby być wolny, by móc związać się z tamtą. Może gdyby nie mieli dzieci, już by to zrobił. Przecież ani razu nie powiedział, że ją wciąż kocha, a jeśli kochał, to dlaczego tego nie mówił? Mówił, że chce, żeby ich małżeństwo ułożyło się, i kilkakrotnie walczył o zbliżenie, lecz coś ją ostrzegało, żeby jeszcze poczekać. Nie potrafiła mu całkowicie zawierzyć. Zawsze polegała na intuicji, ufała jej bardziej niż czemukolwiek innemu, a właśnie intuicja podpowiadała: odczekaj, upewnij się, czy jest do końca szczery. Patrząc teraz na Marka, cieszyła się, że wytrwała w swoim postanowieniu. Jak by się czuła, widząc jego naburmuszoną minę, gdyby wczoraj przeżyła z nim namiętną noc?

– Zamówiłaś kawę? – zapytał.

Pokręciła głową, patrząc na Florę, która dalej kopała ze złością krzesło.

– Rozumiem – powiedział zimno. – Znowu narozrabiała. Lepiej poproszę o rachunek.

– Już to zrobiłam. Kelner zaraz podejdzie. Zobaczymy się na dworze.

Z Florą na biodrze i synami u boku ruszyła w stronę drzwi, udając, że nie dostrzega zaciekawionych oczu, które wcześniej przypatrywały się Markowi i Jacqui.

W holu spostrzegła ją znowu. W zdenerwowaniu nie od razu zauważyła, że blondynka nie jest sama. Towarzyszył jej wysoki, dystyngowany mężczyzna około czterdziestki. Krucze włosy znaczył mu już na skroniach ślad siwizny. W młodości musiał być bardzo przystojny, pomyślała, gdy minął ją bez zainteresowania, skupiony wyłącznie na Jacqui. Ta również nie zwróciła najmniejszej uwagi ani na nią, ani na dzieci, choć ruch, jakim podrzuciła głowę, świadczył o tym, że to kolejne spotkanie nie było jej obojętne.

– Czy to ta pani, która rozmawiała z tatą? – zapytał głośno Felix. – Kim ona jest?

– Nikim – odpowiedziała Sancha, nie usiłując nawet ściszyć głosu, i wyszła z restauracji, kierując się w stronę parkingu.

Parę minut później Mark dołączył do nich i ponownie poczuła ucisk w gardle, usiłując odczytać jego nastrój z wyrazu twarzy. Zapewne widział Jacqui z towarzyszącym jej mężczyzną. Czy był zazdrosny? Czy o to jej właśnie chodziło?

Otworzyła samochód własnym kluczykiem i przypięła dzieciom pasy, a następnie zapięła się sama. Kiedy Mark ruszył, włożyła taśmę z piosenkami dla dzieci i włączyła magnetofon.

– Czy to konieczne? – jęknął Mark.

– Będą dzięki temu spokojni.

– A mnie rozboli głowa, a nawet zęby… nie mogę już słuchać tych słodkich zawodzeń.

Flora zaczęła już fałszywie podśpiewywać o słoniku, pokazując przy tym, jakie to słoń ma uszy i trąbę.

– Czy ona musi tak wyć? – burknął ponuro. – Nawet nie zna słów!

– Nie szkodzi. – Sancha nie cierpiała, gdy był taki surowy dla Flory. – Niech się cieszy, skoro jej się to podoba.

Słońce zachodziło już za wierzchołki drzew. Chmary owadów rozbijały się o przednią szybę. Trzeba ją będzie jutro umyć, myślała, próbując nie dopuścić do siebie niczego, co mogłoby zaboleć. Chłopcy też się rozśpiewali. W takim hałasie trudno było co prawda usłyszeć cokolwiek poza ich głosami, ale dawało to również gwarancję, że nie słychać też będzie rozmowy.

– Kto to jest ten facet, z którym była Jacqui Farrar? – zapytała przyciszonym głosem.

– Widziałaś ich? – Zerknął na Sanchę znad kierownicy. – To jej przyszły szef, a przynajmniej ma taką nadzieję. Ma z nim pracować i umówili się w „Łabędziu" na lunch.

– Czyżby? Jeszcze wczoraj nie godziła się na odejście z pracy. Szybko zmienia decyzje.

– Nie miała wyboru. – Powiedział to tak cicho, że ledwie dosłyszała. Był wyraźnie wściekły. – Specjalnie wysłała ten anonim, a potem telefonowała do ciebie, w nadziei, że nie wytrzymasz i zażądasz rozwodu. Niesamowite! Powiedziała mi to. Czy to w ogóle możliwe?

– Jak najbardziej. Sama do tego doszłam i szczerze ci powiem, że może i dobrze się stało. Sama nigdy bym się nie domyśliła, że coś się dzieje, a potem mogłoby już być... – Nie dokończyła, lecz Mark kiwnął głową i westchnął ciężko.

– Tak. Za późno.

– Mam nadzieję, że dostanie tę nową posadę – powiedziała po chwili. – Ale to trochę dziwne, że nowy szef przepytuje ją w restauracji i to w niedzielę. Ładne mi interview.

– Właśnie – prychnął Mark.

– Ciekawe, co powie na to jego żona, jak się dowie. A może to kawaler?

Wzruszył ramionami.

– Nie mam pojęcia. Jest żonaty, czy nie, i tak zrobi, na co będzie miał ochotę. Wygląda mi na faceta, który wie, czego chce, i zawsze to osiąga.

– Trafiła kosa na kamień. – Sancha odczuwała złośliwą satysfakcję. Nigdy nie związałaby się z kimś o powierzchowności aroganckiego bufona. Z całą też pewnością nielekko z kimś takim sobie poradzić. Mark również nie miał łatwego charakteru, ale może Jacqui Farrar podobali się właśnie tacy mężczyźni. Może bawiło ją samo polowanie i triumf, kiedy się poddawali.

– A czym się zajmuje, wiesz? – zapytała.

– Johannson jest jednym z dyrektorów w dużej firmie ubezpieczeniowej. Robiliśmy coś dla nich i tak się poznali z Jacqui. Od razu zauważyłem, że wpadła mu w oko. On ma chyba jakichś skandynawskich przodków... może więc zwrócił na nią uwagę dlatego, że jest blondynką.

Sancha tylko się uśmiechnęła.

– Chociaż sam nie jest blondynem.

– Kolor włosów odziedziczył pewnie po matce, Angielce. Tak czy owak, Jacqui mu się spodobała, a że jest cwana, dobrze to sobie zapamiętała. Sądzę więc, że kiedy jej powiedziałem, że wolałbym, żeby sobie poszukała innej posady, natychmiast się z nim skontaktowała.

Ton, jakim mówił, obudził w Sanchy nadzieję i poczuła radość. Nie było w głosie Marka ani żalu, ani gniewu, raczej pewna ironia. Tak nie wypowiadałby się zakochany mężczyzna, któremu przyszło pożegnać się z marzeniem.

– A co z tobą? – zapytała szeptem.

Zerknął na nią, marszcząc brwi, po czym uśmiechnął się tak, że aż jej zaparło dech w piersiach.

– Jeśli myślimy o tym samym – odszepnął – to poczekaj... Dam ci odpowiedź wieczorem, jak już będziemy sami.

Z biciem serca i z gorącymi wypiekami na twarzy Sancha odchyliła głowę na oparcie i zamknęła oczy, rozkoszując się uczuciem głębokiej ulgi i szczęścia. Przez dłuższy czas nie dochodziła do niej nawet głośna muzyka i podśpiewywanie dzieci. Bez reszty wypełniała ją świadomość, że oto już niedługo Jacqui Farrar zniknie na dobre z życia Marka, a w ich małżeństwie wszystko zacznie się od nowa. Jej mąż należał do niej. Przysięgała sobie, że nigdy i nikomu – nawet własnym dzieciom – nie pozwoli wedrzeć się między nich.

Po powrocie do domu usadzili dzieci przed telewizorem, puszczając im ulubiony film rysunkowy na wideo, a sami poszli do kuchni przygotować podwieczorek. Najpierw jednak Sancha zaparzyła herbatę i nalała ją dla siebie i Marka.

– Nie uważasz, że to trochę dziwne, że zjawia się w „Łabędziu" o tej samej porze, co my? – powiedziała, gdy usiedli przy stole.

– Możesz mi nie wierzyć, ale był to czysty zbieg okoliczności. Nie powiedziałem jej, że się tam wybieramy.

Uśmiechnęła się, patrząc mu prosto w oczy.

– Wierzę. Ale czy możesz mi teraz powiedzieć, o co się tak sprzeczaliście na środku sali?

– Prosiłem, żeby poczekała na Johannsona w barze obok i zostawiła nas w spokoju. Nie chciała wyjść, więc byłem zmuszony ją wyprowadzić. Nie był to zbyt przyjemny moment. Byłem na nią wściekły. Bałem się, że zrobi scenę przy dzieciach.

– Ja również!

– Widziałem, że bardzo się niepokoisz. Miałaś taką wystraszoną bladą twarz. Nienawidziłem siebie, wierz mi. Wybacz mi, kochana. Nie wiem, jak cię przepraszać. Już nigdy, obiecuję ci, nigdy...

– Wiem, ale to również moja wina. To wszystko w ogóle by się nie stało, gdybym w porę zauważyła, że zaczęliśmy żyć osobno.

– Miałem problemy w pracy, fakt, ale nie zauważałem twoich. Zwłaszcza z Florą. Dopiero teraz, gdy spędziłem z wami cały dzień, widzę, jakiego nakładu sił i cierpliwości wymaga to dziecko.

– To prawda. Jestem przez nią czasami zupełnie wykończona, ale... jak już ci mówiłam... nie rozstałabym się z nią za nic.

– Wiem, wiem... Dalej tak jednak być nie może. Chyba powinniśmy zapisać ją do klubiku dla maluchów na parę godzin w tygodniu. Słyszałem, że są takie kluby... Ulżyłoby ci trochę i miałabyś więcej czasu dla siebie.

– Myślałam już o tym – przyznała. – Może w przyszłym roku, kiedy będzie odrobinkę starsza.

– Trzeba, żebyś od niej trochę odpoczęła – powiedział poważnie. – Musisz mieć czas dla siebie.

– Wiem, ale ona bardzo mnie jeszcze potrzebuje. Dzieci takie jak Flora wymagają wprawdzie całkowitego oddania, ale też tę miłość odwzajemniają. Wytrzymam jeszcze rok, Mark. Przynajmniej rok.

– Uparta jesteś jak osioł, moja kochana – westchnął

z rezygnacją. – Ale pamiętaj… jesteś potrzebna również chłopcom i mnie. Nie chcę być znowu ostatni w kolejce do twego serca.

– Obiecuję – powiedziała, patrząc mu w oczy.

Wyciągnął rękę i mocno splotła z nim palce.

– Dawno już powinienem był porozmawiać z tobą szczerze… szepnął. – Powiedzieć, co czuję, uświadomić ci, co się dzieje. Ale tak się nie stało. Wiem, że głęboko cię zraniłem i Bóg jeden wie, jak bardzo bym chciał wymazać ten incydent z naszego życia. Przyrzekam, że nic podobnego nigdy się nie powtórzy, ale proszę cię, błagam, znajdź dla mnie trochę więcej miejsca w swoim życiu.

Podniosła do ust jego dłoń i pocałowała ją czule.

– Zawsze byłeś dla mnie najważniejszy… niemożliwe, żebyś o tym nie wiedział. Dzieci sprawiły, że na pewien czas mi to umknęło, ale to prawda. Kocham cię.

Mark wstrzymał oddech.

– Sancha… – wyszeptał, patrząc na nią pociemniałymi nagle oczami, i uśmiechnęła się do niego wzruszona.

– W moim życiu zawsze będzie miejsce dla ciebie i zawsze już będziemy sobie mówić, co czujemy, co myślimy. Tego nam właśnie zabrakło. Masz rację, Mark, absolutną rację.

– To wszystko moja wina – wymruczał.

– Nie. Zawiniliśmy oboje. Nie rozmawiałam z tobą, przestałam cię zauważać, zapomniałam nawet o tym, że cię kocham. Straciliśmy ze sobą kontakt. Najważniejsze jednak, że znowu jesteśmy razem. Bylibyśmy głupcami, gdybyśmy nie wyciągnęli wniosków z tej bolesnej lekcji. Musimy być wobec siebie absolutnie uczciwi.

– Chcesz więc wiedzieć, co teraz czuję? – zapytał,

wstając. Obszedł stół i podniósł ją z krzesła. – Gdyby w domu nie było dzieci, zabrałbym cię zaraz na górę i to byłaby najuczciwsza odpowiedź.

Położyła mu palec na ustach.

– W tym domu ściany mają uszy – powiedziała zarumieniona.

– Musimy znaleźć jak najszybciej kogoś, kto przez parę dni zająłby się dziećmi – szepnął, całując jej palce.

– Jutro porozmawiam z Marthą i Zoe – obiecała.

– Proszę cię, niech to będzie jak najszybciej – mówił z ustami tuż przy jej wargach. – Jak najszybciej, bo zwariuję.

Nagle od drzwi dobiegł do nich wstrzymywany chichot. W progu stali obaj chłopcy. Mark spojrzał na nich niezbyt przyjaźnie.

– Myślałem, że oglądacie film.

– Flora usnęła w kojcu – poskarżył Felix.

– Nie szkodzi. Nie budź jej.

– Niech śpioszek śpi, jak mówi ciocia Zoe – dodała Sancha. – Obudzimy ją na podwieczorek. Chodź, syneczku, pomożesz mi nakryć do stołu.

Flory nie trzeba było jednak budzić. Pięć minut później rozległ się płacz. Domagała się jedzenia, co było nieco dziwne, zważywszy, że w restauracji zjadła sporo. Sancha ugotowała jej jajko, podała jogurt z czereśniami i sok do popicia.

– Dlaczego ona zawsze musi się tak upaćkać przy jedzeniu? – zapytał z rozdrażnieniem Mark, gdy po posiłku wyjmowała ją z fotelika.

– Ma jeszcze słabą koordynację: ręka… oko – broniła ją Sancha, wycierając jej buzię i ręce.

– Lubi robić bałagan – powiedział Felix.

– O to, to. Z ust mi to, synku, wyjąłeś – uśmiechnął się ojciec.

Sancha zaniosła małą do łóżeczka, a chłopcy niechętnie poszli za nią. Minęła godzina, nim wszyscy się uspokoili. Opowiedziała synkom bajkę o kosmoludku, po czym zgasiła światło i wyszła na palcach, pozostawiając ich w półśnie. Flora spała już jak suseł.

Kiedy zeszła na dół, nie bez zdziwienia zastała Marka w kuchni. Na jej widok, przepasany fartuszkiem, odwrócił się od piecyka z talerzami w obu rękach.

– Zrobiłem dla nas kolację!

Danie to – spaghetti z sosem z pomidorów, papryki, grzybów i ogórków – przyrządzał czasami, kiedy się poznali. Gotował je sobie jeszcze jako kawaler, a potem pichcili razem, gdy nie stać ich było na restaurację. Dzisiejsze spaghetti przybrał świeżo startym parmezanem i natką pietruszki. Talerze wyglądały pięknie.

– Ależ tu ładnie! – powiedziała, patrząc na nakryty na dwie osoby stół, świece i kieliszki z rozlanym już czerwonym winem. – Tak romantycznie!

– I o to właśnie chodzi – uśmiechnął się zabójczo, stawiając talerze. – Wprowadzam cię w odpowiedni nastrój. Na wypadek, gdybyś jeszcze niczego nie zauważyła.

Z nie ukrywanym rozbawieniem obserwował przez moment, jak się rumieni, ale nic nie powiedział. Włączył cichą muzykę, zapalił świece i zgasił światło. Jedli, prawie nie rozmawiając. Przez cały czas jej serce waliło jak bęben, niemal zagłuszając muzykę. Po posiłku sprzątnęli ze stołu, a wtedy zdmuchnął świece, wyłączył muzykę i wziął ją za rękę.

– Nie mogę już dłużej czekać – szepnął. – Idziemy do łóżka.

Jak najciszej stąpając po schodach, Sancha nasłuchiwała odgłosów dochodzących z pokoików dzieci. Nie obudźcie się tylko, nie wołajcie mnie, moi kochani, myślała żarliwie. Śpijcie spokojnie do samego rana.

Mark nie zapalił światła. Gdy weszła z nim do sypialni, zamknął drzwi. Nareszcie byli sami. Stojąc w ciemności, czuła gwałtowne bicie swojego serca. Nagle Mark objął ją z tyłu i przyciągnął do siebie, zanurzając twarz w jej włosy.

– Sancha, gdybyś ty wiedziała, jak bardzo cię pragnę – wymruczał, przesuwając dłoń na jej pierś.

Spragniona jego bliskości, z westchnieniem poddała mu się całą sobą, zamykając oczy.

– Tak się za tobą stęskniłem – szeptał, całując jej szyję. – Myślałem już, że zwariuję. Czułem się taki samotny… Kocham cię, bardzo cię kocham.

– Ja też – powiedziała zmienionym głosem, odwracając się do niego twarzą i obejmując go w pasie.

– Powiedz… – szepnął. – Powiedz, że mnie kochasz. Muszę to usłyszeć. Tyle czasu czułem się zbędny! Myślałem, że już mnie nie pragniesz. To było piekło.

Sanchy zrobiło się go nagle strasznie żal. Jeśli rzeczywiście był aż taki nieszczęśliwy, to czemu tego nie zauważyła, czemu zachowywała się tak, jakby miała klapki na oczach? Nie potrafiła sobie tego wybaczyć.

– Bardzo, bardzo żałuję, Mark – powiedziała. – Byłam tak zaabsorbowana innymi sprawami, że nawet przez moment się nie domyślałam, że możesz być nieszczęśliwy. Ale kocham cię, naturalnie, że cię kocham… Zawsze cię kochałam... – Odchyliła do tyłu głowę, patrząc mu z miłością w oczy, a wtedy przyciągnął ją do siebie tak mocno, że prawie nie mogła oddychać, i zaczął całować. Zarzuciła mu ręce na szyję. Nie odrywając ust od jej warg, wziął ją na ręce i zaniósł na tapczanik.

– Jutro z samego rana jedziemy kupić nowe podwójne łóżko – wymruczał. – Mam dość osobnego spania. Chcę cię mieć przy sobie, Sancha. Chcę cię dotykać, obejmować co noc. Małżeństwo to także... a może przede wszystkim to...

Odszepnęła coś chrapliwie, widząc, że Mark zaczyna się rozbierać. W sposób widoczny drżały mu ręce. Wiedziała, jak się mógł teraz czuć, bo i ją samą ogarnęła gorączka. Usiadła na łóżku i zaczęła zdejmować z siebie ubranie, rzucając je jak nastolatka na podłogę, a jednocześnie wpatrując się w Marka, jakby od tego, co się stanie, miało zależeć jej życie.

Brak pożądania, jakiś letarg, w jakim pogrążone były jej zmysły po urodzeniu Flory, wszystko to skończyło się nieodwołalnie. Kiedy niedawno, po raz pierwszy od miesięcy, zobaczyła Marka nagiego, była aż zaskoczona swoją reakcją. Teraz czuła to samo. Pragnęła na niego patrzeć, dotykać go, pieścić, a w gorącym spojrzeniu, które ześlizgiwało się z jej pełnych piersi na gładkie biodra i uda, odczytywała tę samą żądzę. Mark zrzucił z siebie ostatnie szmatki. Przez sekundę czy dwie patrzyli na siebie. Nad wszystkimi uczuciami brało teraz górę pożądanie. Ukląkł przed nią i obsypał pocałunkami jej piersi. Drżąc z podniecenia, zanurzyła palce w jego włosy, odgarniając je z zaczerwienionej twarzy.

– Kochana moja – wymruczał. – Sancha... jesteś taka piękna, jeszcze śliczniejsza, niż kiedy się poznaliśmy.

Jego wargi obejmujące brodawkę piersi ześlizgnęły się powoli na brzuch i pępek. Zamknęła oczy, doprowadzał ją do szaleństwa, i mrucząc z rozkoszy, ukryła twarz na jego słonym od potu ramieniu.

– Och... Mark... Kochany... Kocham cię – szeptała w uniesieniu, aż pod naporem jego ciała upadła na plecy, pociągając go za sobą.

Głód miłości i pragnienie, by wreszcie uwolnić się od udręki, okazały się silniejsze niż wszelka duma, ambicje i wzajemne urazy. Wlewające się przez okno światło księżyca wydobywało z ciemności fragmenty ich splecionych ciał – jego mocną szyję, ramiona, uda i jej usta nabrzmiałe od pocałunków, rozszerzone namiętnością oczy.

Długo poskramiane pożądanie owładnęło nimi teraz całkowicie. Kochali się w zapamiętaniu, niepomni na nic poza tym, co działo się między nimi. Wezbrana w ich ciałach nawałnica rozszalała się z siłą, która nie liczyła się z niczym. Kiedy w końcu nimi targnęła, Sancha poczuła się jak rozbitek, który ledwo uszedł z życiem z tej szalejącej burzy. Ogarnęło ją uczucie bezmiernego uniesienia i rozkoszy zbyt bolesnej, by móc ją smakować. Dygotała w gasnących spazmach, kurczowo obejmując Marka, a on trzymał się jej jak tonący, który się boi, że mógłby stracić ostatnią szansę ratunku.

Instynktownie, żeby nie pobudzić śpiących dzieci, głuszyli okrzyki i westchnienia, czerpiąc z siebie rozkosz, która zdawała się nie mieć końca.

Kiedy wreszcie namiętność została zaspokojona, opadł na nią, oddychając ciężko.

– Boże mój, jak mi tego brakowało – szepnął, odwracając na bok głowę ukrytą między jej piersiami i lekko całując czubek jednej z nich. – Kocham cię, Sancha. Nigdy już nie odsuwaj się ode mnie. Obiecujesz?

' – Obiecuję – odszepnęła rozkochana i powoli zanurzyła rękę w jego zmierzwionych włosach. – Kocham cię, Mark. Przyrzekam, że nigdy już się nie oddalimy od siebie.

Wiedziała, że gdyby go straciła, do końca swoich dni żyłaby w pustce. Nie wolno jej było już nigdy zaniedbać się w miłości, bagatelizując potrzeby Marka i swoje własne. Bo czymże w istocie jest małżeństwo? Co ono oznacza? Dzielenie z kimś życia, wzajemną troskę i miłość... wszystko tu musi być wzajemne. Objęła Marka mocno, rozkoszując się ciężarem jego ciała, które zakotwiczało ją w ich wspólnym życiu.

– Kocham cię – powtórzyła i podała mu usta do pocałunku.

16 lutego premiera najnowszej powieści
w serii Special!

Anne
Mather

POKUSA

Kolejna książka autorki „KONCERTU" – jednej
z pięciu najwyżej ocenionych powieści w historii
Harlequina. Niezwykła historia o zbrodni
i przebaczeniu, o zaciekłej nienawiści i namiętnej
miłości, która ostatecznie zwycięża wszystko.

Po straszliwym wypadku Caitlin nie poznaje
na łożu szpitalnym swego męża. Wygląda tak
samo, ale nie jest sobą – wścieka się,
jest zazdrosny, nienawidzi jej i... twierdzi,
że nie jest jej mężem. Oboje z różnych powodów
czekają, aż wreszcie wróci mu pamięć,
lecz gdy tak się stanie,
kłopoty dopiero się zaczną...

SPECIAL

W kwietniu przygotowaliśmy dla Was następujące tytuły:

Meg Alexander

Maskarada czyli sekret Mirandy

Tym razem przenosimy się do początku XIX wieku,
by z bohaterami tego romansu
odwiedzać londyńskie place i salony...

Gwen Pemberton

Tajfun zwany Wandą

Wanda ma wprawdzie męża, ale pożytku z niego
żadnego. Od czego jednak szalona wyobraźnia,
zwariowane pomysły i nieokiełznany temperament?
Nie na darmo wszak niektórzy zwą ją
Tajfun „Wanda"!!